아빠가
위험해

아빠가 위험해

1판 1쇄 발행 2022년 01월 20일

지은이 김오현 / **펴낸이** 배충현
펴낸곳 아이디어스토리지 / **등록일** 2016년 10월 14일(제 2016-000203호) / **전화** (031)970-9102 /
팩스 (031)970-9103 / **이메일** ideastorage@naver.com / ISBN 979-11-974309-2-3 (03810)

아빠가 위험해

프롤로그

언젠가 친구가 이런 말을 한 적이 있다. “너는 왜 뜬구름만 잡니? 왜 이것 했다가 저것 했다가 하느냐”라고…. 대부분 사람은 한 가지 목표를 정해서 열심히 살아가는데 나는 한 가지 일에 집중하지 못하고 이것저것 하는 것에 대한 우정 어린 핀잔이었다.

그랬다. 나는 하고 싶은 일이 너무 많았다. 이루고 싶은 꿈이 많았다. 최고의 직장인도 돼봤다. 최저의 밑바닥까지 떨어져도 봤다. 절망의 끝에서 헤매고 있을 때 동아줄처럼 다가온 것이 책이었다. 이 책도 꿈을 실현하는 그런 차원에서 썼다.

처음에는 평상시에 주고받은 이야기나 경험하고 느꼈던 얘기들을 써보고 싶었다. 사회생활, 사랑, 그리움, 미움, 오해, 관계, 노력, 실패, 그리고 후회, 배움, 감사, 행복, 해외 생활 등등. 그냥 스쳐 지나가 버릴 일들도 가만히 귀 기울여서 생각해보면 나름대로 할 얘기들이 많을 것 같다는 생각했다. 살며시 부는 미풍에도 살갗으로 전해오는 주위의 순간들… 새소리, 물소리, 자동차 소리도 내 삶의 한 자락이라 잔잔하게 사는 얘기들을 풀어보고 싶었다.

뭔가 새로운 것에 대한 호기심으로 가든 찬 어느 날 귀신에게 홀려 가듯이 내 몸과 마음, 모든 영혼이 버뮤다 삼각지대를 지나가고 있었다. 공자는 마흔을 불혹(不惑)이라고 했다. 말 그대로 혹하지 않는다는 뜻이다. 내 나이 지천명(知天命)을 훨씬 지나 이순(耳順)을 바라보는 나이에 혹했다. 미친 것이다. 어찌 미치지 않고 그럴 수가 있단 말인가. 미친 증상이 이렇게도 나타난다는 것을 알게 되었다.

사춘기 소년처럼 많은 것을 해보고 싶었던 평범한 어느 날 순간적 오판으로 불행을 자초했다. 금융사기를 당한 것이다. 다시는 나 같은 사람이 나오지 않기를 바라는 마음 간절하다. 당시 주고받은 대화 내용을 했던 그대로 사실적으로 표현하고자 했지만, 한계상 일정 부분은 생략했다.

항상 당당했던 내가 당했다는 것에 처음에는 너무나 괴로운 자괴감으로 극단적인 선택을 하기도 했다. 그러나 죽음은 아직 내 편이 아니었다. 그렇다면 살아서 대응해 보자는 생각으로 칼을 갈았던 지난 세월이었다. 지난날 다양한 일을 통해 얻은 경험이 오뚝이처럼 현재의 새로운 나로 변화했기에 가능한 일이었다.

나는 한때 방황한 적은 있었지만 헛되게 살지는 않았다고 생각한다. 사람마다 생각이 다르고 이루고자 하는 꿈이 다르듯이 한 가지 일에 수십 년간 매달려 장인이 되는 사람도 있는 반면 친구가 말한 '뜬구름'이 아니라 다양한 것들을 경험하면서 얻은 것은 나 자신을 살찌우고 보다 성숙해지는 내 삶의 방식이었다. 이처럼 한 가지 일에 전념해서 성공해도 좋지만, 나처럼 다양한 경험을 통해서 성취하는 삶을 살아가는 것도 가치 있는 일이라고 생각한다. 모두 나만의 성향과 특성을 잘 활용해서 내가 원하는 삶을 살 수 있도록 계획을 세우면 좋겠다.

혹시 나처럼 어려운 상황에 부딪혀 있는 사람들이 있다면, 이들에게 용기가 되었으면 한다. 무엇이든지 하려고 계획하고 실천에 옮기면 가능했다.

"하늘은 스스로 돕는 자를 돕는다"가 아니라, 하늘은 스스로 실천하는 자를 돕는다. 또 불가능하다고 증명되기까지는 모든 것이 가능하다.

지금 당장 실천의 발걸음을 띄어보자.

차 례

2 장. 내가 바보니 당하게

3 장. 불가능하다고 말하지 않기

4 장. 미래는 나의 것

Story+. 회상, 그리고 또 다른 시작

1장

꿈은 위대했다

작은 행복

오늘도 나는 혼자다. 이렇게 낮에 집에는 늘 아무도 없다. 아내도 아이들도 자신들의 일을 하고 저녁이 돼서야 집으로 돌아오는 일상의 연속이다. 그러나 나는 저녁 시간이면 또 나의 일터로 나간다. 서로 마주하는 시간은 잠깐이며 유일하게 휴일이나 특별한 사정이 있는 날이면 그나마 좀 더 오랜 시간을 함께한다. 그러니 나는 하숙생 아닌 자취생으로 살아가고 있다고 해도 과언은 아닐 듯하다.

이곳으로 이사 온 지도 벌써 1년이 넘었다. 사람들이 많지 않은 곳으로 좀 더 조용한 곳을 찾던 중에 이곳으로 오게 되었다. 앞에는 서울 시내가 한눈에 내려다보이는 보통지반보다 훨씬 높은 곳에 있는 전망 좋은 곳이다. 차디찬 카페라테 한잔과 바게트 빵을 입안 한가득 넣고 창가에 앉아 오도독 오도독 씹으며 한 많은 세상을 내려다보곤 한다. 수천 세대가 족히 넘을 아파트 건물들을 가로질러 멀리 63빌딩이며 크고 작은 도시의 몸집들이 도토리 키 재기 하듯 펼쳐져 보인다. 바로 뒤로는 관악산 줄기가 삼성산으로 이어져 좌청룡 우백호의 명당에 앉아 있는 듯하다.

시도 때도 없이 이어폰 하나 귀에 끼고 나서기만 하면 등산이요 산책하기에 아주 좋은 곳이다. 처음에는 이 낯선 곳에서 어떻게 정붙이고 살까 걱정을 했었다. 그런데 하루 이틀 살다 보니 시장이나 약국으로 좀 더 빨리 오갈 수 있는 샛길도 벌써 익숙해져 버렸다. 무엇보다 아침부터 저녁까지 각종 새소리며 산에서 내려오는 시원한 바람에 실려 오는 생끗함이 너무 좋다. 어디나 살다 보면 고향처럼 포근해진다.

이사 들어오기 전의 낡아 빠진 벽지와 오래된 구조물을 전부 걷어내고 내부 전체를 수리했다. 아주 깨끗하고 산뜻한 새집으로 바뀌었다. 나는 오늘도 아무도 없는 텅 빈 집에서 야간일을 마치고 돌아와 여느 때처럼 거실 소파에서 잠이 들어 버렸다. 포근한 침대가 놓인 큰방이 있지만, 거실에서 텔레비전이나 책을 보다가 그냥 잠이 들어버리는 경우가 대부분이다. 퇴근하고 돌아온 아내와 아이들은 이런 나를 보고 별난 사람 취급한다.

가끔 일어나 화장실을 다녀오고 다시 잠을 자거나 배가 고프면 간단하게 밥이나 라면으로 때우기 일쑤다. 혼자서 밥 먹기란 김치에 찌개만으로도 충분하다. 때로는 라면을 끓여 묵은지에 계란까지 넣고 먹는 식사는 진수성찬이다. 습관처럼 켜놓은 텔레비전은 오래된 나만의 자동의식이다. 텔레비전에서 떠들어 대는 소리는 텅 빈 집안의 적막감을 없애주는 좋은 방법이다. 텔레비전을 켜놓은 습관은 시도 때도 없다. 새벽이건, 저녁이건, 잠을 자건, 책을 보거나 컴퓨터를 할 때도 텔레비전은 저 혼자서 웃고 울며 떠들어 댔다. 그것은 단지 집안의 정적을 없애는 도구일 뿐 나의 관심 밖이다.

오늘은 평소보다 잠에서 일찍 깨어났다. 핸드폰 문자음 때문이다. 평소 잠잘 때는 무음으로 조정해 놓는데 오늘을 깜박해서 효과음이 유난히 크게 울렸다. 물론 오늘도 거실 소파에서 잤다. 큰 거실 유리창을 활짝 열었다. 관악산에서 내려오는 따뜻한 바깥바람을 온몸으로 마셔본다. 겨울이 끝나고 좋은 소식이 오는듯한 따뜻한 봄바람이다. 허기가 졌다. 아침 식사 겸 점심을 먹을 참이다. 오늘은 라면에 참치를 넣고 맛있는 나만의 만찬을 즐겨야겠다. 열나게 화끈한 라면 한 봉지와 참치 한 캔을 준비했다. 주방에서 냄비를 찾는 순간 미역국을 발견했다. 가스 불에 올려놓고 한술 떠서 맛을 보았다.

"아 정말 맛있다." 미끈하게 넘어가는 바다냄새와 소고기 맛이 혀끝에서 온몸으로 전해 온다. 역시 아내가 만든 맛을 끝내준다. 감탄사가 절로 나왔다. 소고기가 듬뿍 들어가 있는 정말 맛있는 미역국이다. 아내가 출근 전 끓여놓은 것이다.

"오늘이 무슨 날인가."

혼자 중얼거리며 라면 끓이기를 멈췄다. 냉장고를 열어보니 고등어구이, 시금치나물과 내가 좋아하는 명란젓 그리고 봄동까지 깨끗하게 씻어놓았다.

"아 오늘이 누구 생일인가?"

오랜만에 맛있는 식사를 했다. 커피 한 잔을 들고 소파에 앉자 뉴스가 나온다. 김정은이 미사일을 쏘아 올렸다는 보도. 어디 정당이 어쩌고저쩌고 정치 뉴스다.

'염병하네' 나도 모르게 중얼거렸다. 한때 유행했던 청소 아주머니도 나와 비슷한 심정이었을 것이다. 쓴웃음이 나왔다.

어느새 또 잠이 들어 버렸다. 얼마나 흘렀을까.

"딩~동~댕~~"

"아파트 관리사무소에서 알려드립니다."

천장 속에 숨어있는 스피커에서 안내방송이 흘러나왔다. 나는 잠에서 깨어났다. 핸드폰을 집어 들었다. 벌써 오후 5시가 되었다. 그새 부재중 전화 네 개와 많은 문자가 와 있었다.

"아빠 생신 축하해."

"아빠 화이팅."

"여보 힘내요. 생일 축하해요."

"친구 생일 축하한다."

오늘이 내 생일이었구나. 이제야 내 생일인 줄 알았다.

"내 생일도 모르다니, 이제 나이를 먹긴 먹었구나."

아니 내 생일도 모르게 열심히 살아온 세월이다. 이제 나도 출근 준비를 해야 할 시간이다. 샤워와 면도를 하고 스킨로션을 손에 흠뻑 적셔 얼굴이며 팔과 몸뚱이에 스쳐 바른다.

한 가지 빠질 수 없는 것은 머리 손질이다. 세월이 흐를수록 넓어지는 이마를 감쪽같이 커버하는 나만의 방법이 있다. 그것은 남은 머리카락을 잘 활용하여 더욱 풍성하게 하는 것이다. 이 방법은 혼자서 연구한 나만의 비법이다. 처음에는 어설프고 시간도 많이 소요되었지만, 지금은 뚝딱 짧은 시간에 멋지게 변모하는 기술이 터득되었다. 일상이지만 아내도 매번 깜짝 놀란다. 내가 보아도 신기하다. 이것으로 몸단장은 끝이다. 아내와 아이들이 속속 도착할 시간이다.

집에 돌아온 아내는 아침의 팔팔함과는 달리 허기짐이 역력하다. 곧이어 두 딸이 도착했다. 큰딸은 커다란 꽃바구니를 안고 들어왔다. 화려한 꽃들로 집안이 금방 확 밝아졌다. 작은 딸은 가족 모두 쉬는 날 외식으로 한 턱 쏘겠단다. 하루 중 유일하게 함께하는 식사 시간이다. 나는 간단히 식사하고 커피 한 잔 마시고 일터로 나선다.

낯설지만 날마다 익숙한 50대 가장의 일상이다. 행복은 가족이 더불어 건강하고 서로를 위해주며 함께 나가는 것이다.

가족 예찬

최근 들어 얼굴이 붉어지는 현상이 갱년기를 겪는 중인 것도 같다. 예전 같으면 돈키호테 같은 무모한 일을 저질렀을 만도 했다. 뭔가 엉뚱한 상상과 남들이 해 보지 않는 것에 매력을 느끼며 새로운 것을 찾아 도전하는 이상한 버릇이 내게는 있는 것 같다. 그것은 중국어 한마디 못하면서 중국의 여기저기 시골을 여행했다. 일본의 오밀조밀한 공원을 찾아다니는 여행이 좋았으며, 필리핀의 궁핍한 마을을 다녀와서 울고 다시 오지를 다녀오기를 반복했다. 그렇게 생각이 꽂히면 무작정 떠나서 상당히 오랜 시간 동안 머물다 돌아오곤 했다. 이런 나의 행동에 아내와 가족들은 처음에는 이해를 못 하다가 이제는 항상 건강을 바라며 믿음을 보여준다.

나는 아내와 결혼한 지 30년 가까운 세월이 흘러가고 있다. 고교 동창생의 소개로 처음 만났을 때처럼 가지런한 하얀 이를 드러낸 밝은 웃음과 늘씬한 몸매를 유지하고 있다. 우리들 사이에 아롱이 다롱이 이렇게 두 딸이 있다. 아이들은 일 년 터울인데 친구처럼 서로를 위해 주며 아주 잘 자라주었다. 어려서는 어찌나 많이 울고 엄마 곁에서 떨어지지 않았던 껌딱지 같던 아이들이 이제는 대학교를 졸업하고 사회인이 되었다. 둘 다 공부를 잘했던지 원하는 좋은 학교를 졸업했다.

큰딸 아롱이는 대기업 개발부서에서 근무한다. 둘째 다롱이는 죽어라 10년을 공부만 하더니 의료인으로 근무하고 있다. 둘 다 민감한 시기인 사춘기와 대입 시험 기간에 아빠는 외국에서 생활했기 때문에 항상 미안한 마음을 갖고 있다. 아빠가 없는 사이에도 딸들은 제대로 잘 자라주었다. 모두 아내의 공덕이라고 생각한다.

우리 아이들은 쉬는 날을 서로 맞추어 외국으로 여행을 자주 다녔다. 큰애는 스킨스쿠버를 제법 잘 타서 틈만 나면 태국이나 필리핀 등지로 스킨스쿠버 여행을 떠났다. 둘째는 외국의 음식에 관심이 많아서 각 나라의 맛집을 많이 알고 있다. 맛집뿐만 아니라 시장 골목까지 아주 훤히 꿰고 있다. 어찌 그렇게 잘 아는지 참 대견스럽기까지 하다. 하루는 다롱이가 언니에게 제안했단다. 같이 휴무를 맞춰 함께 여행을 다니자고 했단다. 그래서 시간이 날 때마다 함께 여행을 다닌다. 최근 전염병이 있기 전까지 라오스의 시골을 다녀왔다. 라오스 시골에서 바라보는 하늘이 너무 깨끗해서 잊을 수가 없단다. 제주도는 수시로 다녀서 손금 보듯 골목까지 꿰뚫고 있다. 어제는 차를 몰고 보드와 윈드서핑을 타러 강원도로 떠났다. 여행을 좋아하는 것도 아빠를 닮은 것 같아 웃음이 나온다.

돌이켜보면 아이들이 어렸을 때 퇴근하고 집에 오면 잠시 잠을 자고 자정 무렵에 일어나 나만의 시간을 가졌던 기억이 난다. 그 무렵 나는 286 도스 컴퓨터로 문서 만드는 법, 홈페이지 만드는 법을 배웠다. 특히 타자 연습은 시도 때도 없이 연습해서 손가락이 보이지 않을 정도로 타자를 잘 쳤다. 정확하지는 않지만 아마도 속기사 정도로 빠르게 자판을 두들겼을 정도였다. 왜냐하면 내 주위에는 나보다 더 잘 치는 사람이 없었기 때문이며 동료들도 나를 따라 타자하기 연습을 했다. 누가 잘하나 서로 경쟁을 했던 때가 있었다. 나는 이때 인터넷을 처음 접했고 포토샵이나 각종 툴을 밤을 새워 아침까지 잠을 안자고 혼자서 터득했다. 회사에서는 회사 나름의 일을 했고 퇴근하면 나 혼자만의 시간을 이렇게 활용했다.

"아빠 잠 안 잤어?"

"당신은 잠도 없어?"

아이들과 아내는 매번 이렇게 묻곤 했다. 딸들이 일찍 일어나 아침을 먹고 학교에 갈 때까지 나는 매일 새벽 컴퓨터에 매달려 있었다. 이런 아빠를 보고 딸들도 공부하는 것 또는 타자를 잘 치는 것까지 알게 모르게 영향을 미쳤으리라 짐작해 본다.

최근 들어 아내와 딸들과 함께 뭔가를 함께 하고 싶은 생각을 했다. 좋은 남편 또는 좋은 아빠, 좋은 부모의 역할이 어떤 것일까? 아이들도 언젠가는 내 곁을 떠나 결혼을 가고 가정을 갖게 될 것이다. 이렇게 이 녀석들이 갑자기 시집이라도 가게 된다면 그 허전함이 상당히 오래 가리라는 생각도 든다. 그러나 또 새로운 사람들이 들어온다면 식구가 늘어남에 얼마나 좋은 일인가? 그리고 손자들이 생긴다면 그 또한 얼마나 행복한 일이겠는가? 그것이 자연의 법칙이고 우주의 원리라고 생각하니 한층 위로가 되지만 당장의 허전함을 어쩔 수 없다.

내가 필리핀에서 3년째 되던 해에 아내에게 온 메일 중에 이런 문구가 있었다.

"여보 당신은 당신의 아이들이라는 화살을 쏘기 위해 있어야 할 활과 같은 존재입니다. 화살이 잘 날아갈 수 있도록 활이 잘 지탱해 주어야만 화살이 멀리 · 정확히 날아갈 수 있는 법입니다."

칼릴 지브란의 『예언자』에 나오는 문구를 아내가 인용하여 보냈다. 가족과 오랫동안 떨어져 있는 외로움과 아빠의 존재감을 인식하는 문구이다. 나는 항상 이 문구를 가슴속에 간직하고 있다. 아이들이 한창 사춘기 때도 그랬지만 이제는 시집갈 나이가 되었어도 살갑게 대하지 못하고 있다.

이제는 우리 딸들에게 이런 문구가 어울리지 않을까 싶다.

"너희들은 충분히 아름답기 때문에 온갖 찬사가 너희들에게 쏟아질 거야. 찬사에 묻혀 쓰러질지도 몰라. 그러나 그것을 듣고 흘릴 뿐, 절대 귀에 담아 두지는 말아라. 올바른 판단을 위해서 아첨꾼들을 이렇게 시험해 보렴. 그들이 너의 미소를 기대할 때 표정을 찌푸리거나, 그들이 방심할 때 약간 변덕을 부려 보는 거야. 그러면 감언이설 하는 자들을 쉽게 가려낼 수 있을 거야."

다 큰 우리 딸들에게 알제리 출신 사업가 알랭의 『세상의 모든 딸들에게』에서 말한 문구를 말해주고 싶다. 어서 아내와 딸들과 함께 유럽으로, 미국으로 캐나다로, 멕시코와 아르헨티나로 세계 일주 여행을 떠나고 싶다.

슬기로운 직장생활 1

삶의 현장

남들과 다르게 밤을 꼬박 새워 일하는 것은 특별하다. 내 처음 계획은 이랬다. 잠자는 시간을 최대로 줄이고 밤에도 일하고 낮에도 일해서 보다 많은 돈을 벌어 보자는 생각에서였다. 이렇게 단순하게 잠을 덜자고 그 시간에 생산적인 일을 하자는 거였다. 그러나 일에 적응해 갈수록 피곤함이 더해 휴식과 잠이 필요충분조건으로 따라왔다. 예전 같으면 잠을 줄여도 충분히 이겨내고도 남았을 것이다.

그러나 어디에 소속이 되어 꾸준하게 일을 한다는 것이 그리 쉬운 일이 아니다. 잠시 체험하는 이벤트도 아니고 일에는 성과와 책임감이 따라야 거기에 따른 보수를 받게 된다. 내 마음대로 하는 일이란 내가 창업해서 하는 일밖에 없다.

나는 물류회사의 야간 현장 출하파트에서 일한다. 대형마트로 나가는 식품을 취급하여 아침마다 신선한 먹을거리를 제공하는 일을 한다. 처음에 회사에 입사하고 한 일주일 정도까지만 해도 이런 생각을 했었다. 특성상 야간에만 근무하니 주간에는 또 다른 일을 할 수도 있을 것이며, 또 시간이 나면 동료들끼리 취미활동이나 친목을 도모할 수 있겠구나 싶어 '참 괜찮은 직장생활이 되겠구나'라고 생각을 했었다. 오랜만에 입어보는 유니폼과 처음 만나는 동료들과 함께한다고 생각하니 마음이 설레고 기대감으로 가득 차 있었다. 그러나 그런 생각은 그리 오래가지 않았다.

"이런 것도 못 하세요?"

"아니 이렇게 하면 어떡해요?"

"이런 일도 못 하면서 어떻게 들어왔데?"

"일 처음 해봐요?

"일할 줄 모르네! 이 사람"

"사람이 그렇게 없나? 왜 나이 많은 사람을 채용하는 거야"

여기저기서 면전에서 대놓고 막말을 하거나 나이 먹은 사람이 들어왔다고 속닥거리는 소리가 들렸다. 동물원의 원숭이가 따로 없었다. 어떤 동료는 처음부터 반말했다.

"어디서 뭐 하다가 왔어?"

"고향이 어디야?"

"결혼은 했고?"

"아이들은 있어?"

씁쓸하게 웃음이 나왔지만, 막상 면전에서 이런 소리를 들으니 기분은 좋지 않았다.

'어느 직장이나 처음에는 다 그렇지 뭐. 이 회사도 그렇겠지. 별다른 것이 있겠어. 누가 뭐라고 하든가 말든가 꾹 참고 견뎌보자.' 혼잣말로 중얼거렸다.

애써 동료들과 친하게 지내보려고 자꾸 접촉을 시도해 보았다. 그러나 나이가 많다 보니 세대 차이를 넘어 아들 같은 어린 선배 동료들이 많았다. 그들 중에는 나를 가만히 내버려 두지 않는 이들이 몇 명이 있다. 위에서 말했듯이 함부로 말을 하거나 사사건건 잔소리를 해대는 부류들이다. 어디에나 그런 사람은 있기 마련이기 때문에 크게 신경은 쓰지 않으려고 노력했지만, 정도가 지나친 경우도 많았다. 그럴 때마다 나는 마음에 상처를 받았다.

사실 나는 살아오면서 육체적인 힘을 써서 하는 일의 경험은 그리 많지 않았다. 그나마 어릴 적부터 운동했고 덩치가 커서 힘쓰는 일에 대한 것은 잘 할 수 있을 거라는 자신감을 갖고 있었다. 그러나 몸으로 하는 일도 일머리를 알고 눈치가 빨라야 하는 일들이 대부분이었다. 그래야 일의 흐름이 막히지 않고 기어가 맞물려 돌아가듯 다음 일정이 착착 맞아 돌아가는 것이었다.

회사의 일들은 많은 양의 물건을 포장하고 이동하기 때문에 도구는 없어서는 안 되는 필수적인 물건이다. 그 도구 중 '유압자키'가 차지하는 비중은 실로 컸다. 유압자키는 팔레트에 올려진 무거운 물건을 들어서 쉽게 다른 장소로 운반 할 수 있는 도구이다. 사람 수십 명이 함께해도 어려운 물건을 유압자키를 사용하면 한 사람이 쉽게 들어 이동시킬 수 있다. 유압자키의 용도가 이렇게 큰 줄은 예전에는 미처 몰랐다.

일은 단순 노동인 것 같아 보였으나, 익숙해지기까지는 복잡한 업무도 많았다. 매일 저녁에 전국에서 올라온 싱싱한 물건들을 받아 세분화한다. 가장 중요한 신선도를 유지하기 위하여 온도에서부터 철저한 위생관리까지, 새벽 시간에 각 지역의 대형마트로 나가는 식품은 다양하고 엄청나다. 농산물, 냉장상품, 냉동식품들을 종류별로 하나하나 분류해서 팔레트 위에 올려놓고 랩을 씌워 포장한다. 그 다음 각 행선지에 따라 점포별로 정해진 장소에 이동 시켜 짐 싣기 대기 시켜놓는다. 새벽 3시부터는 대기 시켜놓은 상품을 배송 차량에 차곡차곡 적재하는데 역시 종류별로 행선지별로 잘 실어야 한다. 여기서 아무 생각 없이 물건을 실었다가는 오배송이 발생한다. 물건을 한 가지 업무가 끝나면 또 다른 업무가 연결되어 계속 이동하며 일처리를 하는 공정들이 마치 프로그램화되어 돌아가는 것처럼 정해진 하루 물량을 소화하기 위하여 모든 직원이 일사불란하게 움직인다.

업무 중 대부분의 문제는 상품파손과 오배송에서 발생했

다. 특히 오배송이 발생하게 되면 2차, 3차 손실이 발생하게 된다. 예를 들면 동인천 점포로 가야 할 물건이 경기도 파주점포로 배송이 되었다면, 배차계에서는 다시 차량을 배차하여 그 상품을 다시 파주에서 동인천 점포로 회송해야 한다. 우리가 매일 먹는 식품이라 새벽 시간에 배송이 되어야 신선한 음식을 먹을 수 있다. 아침 출근 시간을 고려해서 그에 따른 시간적 낭비와 배송비용 또한 2배로 지불해야 하는 손실을 받게 된다.

이처럼 오배송이 생기면 연쇄반응이 발생하여 회사는 손해를 입게 되고 때에 따라서는 상품이 폐기처분 될 수도 있다.

오배송의 원인은 물건을 목적지까지 안전하게 이동하기 위하여 팔레트에 알맞은 크기와 높이로 배열 작업하는 래핑 포장 과정에서 일차적으로 발생할 수 있다. 또 목적지 점포로 가기 위하여 짐 싣기 대기열에 잘못 이동해 놓았을 때 2차로 오배송 원인이 된다. 마지막 3차는 목적지 점포로 가는 배송차에 차에 짐을 싣는 과정에서 오배송 발생이 가장 많다.

검수파트에서 검수가 끝난 상품에는 반드시 점포명과 상품 이름, 수량 등이 기록된 피킹지가 붙어있다. 이 피킹지를 보지 않고 작업을 하거나 작업을 하면서 다른 생각을 했을 때 발생한다.

그렇다면 오배송을 없애는 방법은 무엇일까? 오배송도 사람이 하는 실수라서 일에 집중하면 얼마든지 사전에 막을 수 있는 것이다. 그것은 상품배열작업이나 짐 싣기 대기, 짐을 실을 시에 자신이 작업하는 상품이 어디 점포로 가는지 붙어있는 피킹지를 정확히 보고 작업에 임하는 것이다.

대기업에서부터 소기업까지 노동자들의 하루는 다람쥐 쳇바퀴 돌듯 반복되는 힘든 업무로 늘 숨 가쁘게 돌아간다. 그리하여 자신들의 땀 흘린 열정과 노력이 보상받기를 기대한다. 그러나 현실의 직장은 냉랭한 찬바람이 불며 일다운 일이 아닌 어영부영 하루를 채우고 빨리 끝내자는 일터로 변해 가는 듯하다.

나이를 초월해 동료 간에 건네는 말 한마디 한마디에 웃음꽃이 피어났으면 좋겠다. 서로 신뢰를 하고 냉랭한 근무환경이 인간미 넘치는 그런 직장이 되었으면 좋겠다. 그래서 일 년 내내 불량이 나지 않고 오배송이 나지 않는 회사가 되었으면 좋겠다. 우리가 정성스럽게 다듬고 안전하고 예쁘게 포장하는 식품을 모든 사람이 먹고 건강했으면 좋겠다.

슬기로운 직장생활 2

괴롭힘 방지법

회사에 입사하고 나서 아쉬운 점은 동료들이 너무 개인주의(Egoist)라는 느낌을 받았다. 직장에서 동료들에게 너무 친근하게 할 필요까지는 없겠지만, 현재 근무환경은 너무 삭막하다. 각자도생이다. 회사는 이런 삭막한 근무환경을 개선할 필요가 있다. 그리하여 직원들 간에 신뢰가 쌓이고 일하는 분위기가 상승하게 만들어야 한다. 이 현상은 자연스럽게 고객들에게까지 전달이 되고 매출 상승효과로까지 이어지게 된다. 더 나아가 '0 마트 물건은 싱싱해서 좋고 포장도 잘되어 있어 믿음이 간다'라는 인식이 확산하고 새로운 고객까지 증가할 뿐만이 아니라 회사 이미지에도 크게 이바지할 것이라 본다.

반면 직원들이 불평불만이 쌓여있고 직장생활의 복지가 뒤떨어진 환경에서 근무하는 회사는 물건도 대충대충 취급한다. 하루하루 관리자들 눈치만 보며 시간을 보내는 회사의 물건은 소비자들이 금방 알아본다. 당연히 매출이 줄어들고 나중에는 망하게 되는 것이다. 직원들이 불평불만이 쌓여 있는데 좋은 제품과 하자가 없기를 기대한다는 것은 한참 잘못된 것이다.

고백하지만 나는 몇 명 동료들이 지나치게 함부로 대하는 것과 막말로 인하여 상처를 받고 회사를 그만둘지를 고민해 본 적이 있었다. 그들은 함부로 말을 하고, 무시했으며 작은 실수에도 많은 사람 앞에서 창피함과 모욕을 느끼게 했다. 그들은 위아래도 없으면서 예의범절이라고는 찾아볼 수 없는 막무가내였다. 그것은 내가 그들을 너그럽게 대처하지 못한 문제도 있지만, 그런 일을 당하게 되면 자존감이 떨어지고 회사 가기 싫으며 더 가서는 사직을 하게 된다. 내가 결코 정신력이 약해서가 아니라 다른 동료들도 나처럼 심한 모욕감을 느낀 것이다. 실제로 이런 이유로 사표를 던진 동료를 몇 명 있었다.

처음 접해본 일을 하다 보면 무엇부터 어떻게 해야 할지 당연히 모른다. 이런 사람에게 잘할 것이라 기대하는 것은 잘못된 생각이다. 처음부터 이렇게 쉬운 것도 할지 모른다면서 창피를 주며 떠들어대는 것은 선배로서 할 행동은 아니다. 일 처리 하는 방법을 하나 가르쳐 주는 것이 큰 노하우를 전수해 주는 것처럼 으스대고 목에 힘을 주는 것이 우스웠다. 따뜻함과 친절함은 바라지도 않는다. 초보자도 시간이 흐르게 되면 익숙해지고 잘하게 되어 있다.

"아니 이런 것도 못 하세요? 이것도 못 하면서 어떻게 들어왔어요?"

팔레트의 규격에 따라 물건의 무게와 크기가 길고 짧은 면을 맞춰 적재하는 방식이다. 많은 동료 앞에서 일방적으로 꾸중을 들어 창피했다. 그 누가 나에게 팔레트의 규격에 따라 물건을 놓는 방법을 알려준 사람이 있었던가? 내가 모르니 당연히 받아들였다. 그러나 그 동료도 그렇게 얼굴을 붉혀가며 면박을 줬어야 했을까? 가르쳐 주지도 않고 모른다고 못 한다고 큰 소리로 면박 준다면 받아들이는 사람은 얼마나 속상하겠는가? 어느 날 물건의 종류를 잘못 알고 차량에 잘못 실었던 적이 있었다. 그것을 그 동료가 알고 여기저기 큰 소리로 소문을 내고 다녔다. 그것뿐이 아니었다. 이들 몇몇 패거리들은 사사건건 하는 일마다 참견하고 일하는 것이 자기들 마음에 들지 않는다고 면박을 줬다. 세월이 흐른 지금도 젊은 선배 동료들은 나를 함부로 대한다. 그럴 때면 정말 화가 많이 난다. 나이가 나보다 훨씬 덜먹은 동료들이라고 하지만 함부로 행동하는 태도는 너무하다는 생각이 들 때가 많았다.

나는 그들의 잘못된 언행과 행동을 유심히 보고 기억하고 있다. 언젠가는 잘못된 언행을 그들 스스로가 깨달아서 사고방식을 바꾸기를 기대해 보지만 쉽지만은 않을 것 같다. 나는 내가 대기업 출신이거나 회사대표를 했다거나 해외법인장을 했다는 것을 말해 본 적도 없거니와 또한 나이가 많다고 그들에게 예우를 바란다거나 잘난 척을 한 적도 결코 없다.

최근 몇 달 만에 신입사원 7명이 들어와 함께 근무하고 있다. 그러나 며칠 사이에 벌써 그들 중 세 명이나 회사를 그만두었다. 같은 조에 편승이 되어 더 자세한 얘기를 나눌 기회가 있었다. 그 신입사원은 이렇게 말했다.

"선배들이 저를 지나치게 참견하고 무시합니다. 어디서 무엇을 하다가 왔는지 아직 이런 것도 모르냐? 앞으로 문제가 많을 것 같다면서요."

선배들이 하나같이 무시하고 자존감을 상하게 한다고 했다. 그래서 그 후배도 퇴사할까 생각 중이라고 고민을 털어놓았다. 그리고 먼저 퇴사한 동기도 선배들이 괴롭혀서 술도 마셔보고 같이 상의도 하고 며칠을 고민하다가 결국 그만두었다고 한다. 어떻게 직장에서 함께 생활하면서 이런 일들이 벌어지고 있단 말인가?

먼저 경험을 해본 사람으로서 나는 이렇게 권고를 했다. 정말 버티기 힘들다면 사무실에 가서 얘기하고 그것도 해결이 안 되면 당사자와 맞장을 트라고 했다. 그렇다고 싸움을 하라는 것이 아니라 왜 그러는 건지? 뭐가 불만인 건지? 잘못된 것이 있다면 고치겠다든지, 직접 얘기를 해보라고 권했다. 그리고 어느 날 음료수 한잔을 건네 보라고 얘기를 해주었다. 나도 그렇게 효과를 본 경우가 있었기 때문이다. 이유가 없이 동료가 괴롭힐 수는 없다. 분명 이유가 있을 것이다. 나만 괴롭히는지,

다른 사람도 그러는지, 나에게 문제가 있는 건지, 나 말고 다른 사람도 그런 경우를 당했다면 이것은 직장 선배의 갑질이라고 할 수 있을 것이다.

2019년 7월에 '직장 내 괴롭힘 방지법'이 발효되었다. 이 법의 판단기준이 세 가지가 있다. 첫째는 지위 관계 우위, 둘째는 과한 업무지시, 셋째는 신체적 · 정신적 고통 또는 근무환경 악화가 그것이다. 이 세 가지가 모두 충족되어야 법이 적용된다고 한다. 신입사원의 경우에 이 세 가지가 모두 해당하지는 않더라도 일의 특성상 상하 관계, 모르는 것의 업무지시, 그리고 수평적인 관계에서 일어난 정신적 고통과 모욕감이 심하게 유발될 수 있을 것 같다. 이 법으로 인하여 많이 좋아지기는 했다고 생각되지만, 특히 세 번째 항목은 현재도 벌어지고 있는 것 같아 아쉬움이 남는다.

슬기로운 직장생활 3

아끼고 존중하고 배려하자

직장생활을 하면서 예상외로 불편한 일들이 많을 때가 있다. 그렇게 사는 것이 인생이라고 하지만, 그 불편한 일들을 겪지 않으면 더욱더 즐겁지 않을까. 한 직장 내에서 불편한 일이 계속된다면 개인은 물론 회사 차원에서도 좋을 리 만무하다. 아래 열거한 문제점들은 반드시 바로 잡아야 할 것들이란 생각이 들었다.

첫 번째, 인사를 안 받고 인사를 안 하는 사람들이 아직도 많다. 이 얼마나 황당하고 무례한 대면이란 말인가? 소양이 있는 사람이라면 아무리 나이가 적거나 많다고 하더라도 존칭은 물론 내가 먼저 인사하고 서로 소통하려고 노력해야 한다. 그러나 적지 않은 동료 직원은 서로 지나쳐도 본 척 만 척 아는 척도 하지 않는다. 나는 이런 서먹함을 하루에도 수없이 경험하고 있으며 그 이유를 모르겠다. 그 이유가 무엇일까? 내가 그들에게, 그들이 나에 대한 태도를 곰곰이 생각해 보았다. 아마도 자기들이 훨씬 먼저 들어온 선배라는 것을 인식하고 있으며 일부분은 나를 나이 먹은 꼰대로 치부하는 경향이 있는 듯하다. 젊은 자기들만의 영역에 웬 낯선 나이 많은 사람이 들어와서 불편함이 있다는 무조건적인 선입견이 잠재해 있는 것 같다. 그러나 대부분 동료는 묵례도 하고 기본적인 예의를 갖추고 있다.

두 번째, 예의범절이 없다. 말을 함부로 하고 거칠며 개인주의적이다. 자기만 소중하고 남들은 전혀 안중에도 없는 듯 무례하다. 하루 중 절반 이상을 직장에서 함께 보내는데 일하면서 동료들에게 무시당하고 기분이 나쁘게 된다면 그 누가 일을 제대로 할 것인가. 또 좋은 꿈을 설계할 수 있겠는가? 집에서는 애지중지한 아들딸들이며, 소중한 아빠이며 가장들이다. 직장은 미래의 꿈을 펼치기 위한 장이며 행복을 위한 에너지원이다. 직장은 각자 개인들이 모여 회사와 본인의 이익을 도모하는 인간관계로 이루어져 있다. 서로 기본 예의를 지키자.

세 번째, 준법정신이 빵점이다. 회사에는 엄연히 사규가 있을 것이다. 물론 사규를 전부 숙지하고 있지는 않겠지만, 기본적으로 회사 물건도 자기 물건처럼 소중히 다룬다면 훨씬 오래 사용할 수 있으며 장기적으로는 본인에게 혜택이 돌아온다. 또 쓰레기를 함부로 버리고 쓰레기가 있어도 줍는 사람을 본 적이 없다. 함부로 버리는데 어찌 줍기까지 바라겠는가? 특별히 우리는 식품을 취급하고 있지 않은가.

이처럼 기초적인 소양이 없고 인성도 없는 것을 느꼈다. 회사 운영상 야간에 일하고 24시간 완전가동하는 시스템이라 교육할 시간이 어디 있냐고 반문할 수도 있을 것이다. 그러나 이런 기본적인 소양이나 인성교육은 근무 인원을 보강하는 일이 있더라도 전사 차원의 교육이 필요해 보인다. 기본적인 소양을 갖추지 못한 사람들이 불만이 쌓인 채 준비한 식품을 잘 먹으라고 하는 것은 모순이다. 가정(집)에서 아내가 화가 나서 차려준 음식이 어찌 맛이 있겠는가.

인화가 없는 조직에서 어떻게 하루의 절반 이상을 얼굴을 맞대고 함께 일을 하겠는가? 동료가 작은 실수를 했을 때 부드럽게 잘 가르쳐 주기는커녕 비웃고 깔깔거리며 그것도 못 한다고 구박하는 이런 조직, 회사에 이런 비정상적인 끼리끼리 패거리가 존재하는 한 큰 시한폭탄을 안고 가는 것이다. 이런 암덩어리 패거리들은 도려내야 되지 않겠는가?

결론적으로 썩은 부분은 도려내는 수술을 해야 한다. 이런 조직은 잘 돌아가게 하기 위해서는 건강한 인성교육을 수혈해야 한다.

일이 서툰 사람이 작은 실수를 한다거나 또는 일을 잘못하고 있을 때는 친절하게 가르쳐 주거나, 사전에 전문교육을 통하여 기회손실을 미연에 방지해야 한다. 그러나 현실은 작은 실수라도 하게 되면 큰일이 날 것처럼 주위 동료들이 큰 소리로 깔깔대며 웃고, 확대 재생산하여 떠벌려서 당사자들에 모욕감을 주고 창피를 준다. 신입사원들이 실수하면 그것이 그렇게 재미있고 본인들은 우월해지는 걸까. 이 작은 야간작업 현장에서도 같잖은 권력이라도 가지게 되면 자기 잘났다고 존재감을 드러내고 약자를 괴롭히는 일은 없어져야 한다.

우리들 직장인에게 행운이란 무엇이겠는가. 출세도 중요하고 많은 보수를 받는 것도 중요하겠지만, 직장인의 진정한 행운은 이런 것이 아닐까. 오랜 직장생활과 책을 읽으면 터득한 내용이다.

첫째, 좋은 상사를 만나는 것… 그래야 직장생활이 편하다.

둘째, 좋은 상사가 되는 것… 일의 능력도 탁월하고 인간적으로 친근감을 느낄 수 있어야 한다.

셋째, 좋은 동료가 되는 것… 좋은 동료와 일할 수 있다는 것은 큰 행운이다.

넷째, 하고 싶었던 일을 하는 것... 자신이 원하던 일을 하게 되는 것은 아마도 직장인 최고의 행운일 것이다. 결론은 사람이다. 관계를 어떻게 하느냐에 따라 행운과 불행이 갈린다.

미국 사우스웨스트 항공사의 창업자 허브 켈러허 회장은 이렇게 말했다.

"내가 항상 관심이 있는 것은 바로 눈에 보이지 않는 무형의 자산이다. 그러한 무형의 자산은 다른 경쟁업체들이 도저히 모방할 수 없는 경쟁력이다. 우리의 경쟁업체들이 우리의 비행기를 모방할 수 있다. 그리고 티켓 카운터와 같은 하드웨어는 얼마든지 모방할 수 있다. 하지만 그들이 우리 사우스웨스트의 직원들을 결코 복제해갈 수는 없다. 고객, 직원, 주주 가운데 누가 가장 중요한지에 대해 나는 고민하지 않는다. 직원이 단연 가장 중요하다. 직원이 만족하고 열심히 일한다면, 자연히 고객에게도 최선을 다할 것이다. 그러면 결국 주주에게 이익이 돌아온다."

이 얼마나 직원들을 존중한 말인가. 우리나라 기업에 팽배해져 있는 경직된 권위주의와 수직구조 문화의 대조적인 모습을 보여준다. 이 회사는 9 · 11 테러의 여파에 미국의 항공사가 모두 적자에 허덕이고 있을 때 홀로 흑자 경영을 했다. 또 단 한 명의 직원도 해고하지 않았을 뿐만 아니라 미국 내에서 가장 일하기 좋은 회사로 매년 선정되기도 했다.

슬기로운 직장생활 4

직장생활 잘하는 법

밤에 물류센터에서 일하는 지 이년이 지나고, 또 낮에 택배 일을 하는 지 벌써 몇 개월이 지났다. 이렇게 밤과 낮의 이중생활에도 제법 익숙해졌다. 한편으로는 하루빨리 하나라도 벗어나서 가족들이 있는 집으로 돌아가야지 하는 생각을 수없이 하게 됐다.

일하다 보면 동료들과 좋은 얘기를 하게 되면 종일 흥이 나서 힘든 줄도 모르지만, 가시 돋친 말 한마디에는 일이 힘들어지고 다른 일도 덩달아 잘 안 풀리며 가끔은 마음의 상처가 되기도 한다.

이년이 지난 후에도 물류센터 동료들과의 관계는 크게 변하지 않는 듯했다. 특히 초창기 때 함부로 대하며 제멋대로 행동했던 일부 동료들의 행동이 잠잠해진 것 같아 다행이라고 생각했다. 나는 처음에 이들이 기본적으로 인성이 부족하고 예의가 없는 부류로 생각을 했었다.

밤에 출근해서 일하는 대부분 사람은 야간작업의 특성상

저마다의 복잡한 사정이 있을 것이다. 나처럼 낮에는 또 다른 일을 하는 동료들도 있다. 공인중개사로 일을 하는 사람, 주택을 보수해 주는 사람, 번역 일을 하는 사람 등 저마다의 뜻하는 바가 있어 투잡으로 숨 가쁘게 일을 하는 것이다.

짜증이 난다고 규칙을 무시하고 자기가 하고 싶은 성질대로 행동해 버리면 그 사람의 직장생활은 힘들어질 것이다. 그래서 대부분 직장인은 규칙을 지키면서 묵묵히 참고 견디며 살아간다.

출신지가 다르고 평생을 서로 다른 가치관과 다른 경험을 갖고 살아온 사람들이 서로를 이해하고 화합한다는 것은 그리 쉽지가 않은 것이다.

서로 더불어 살아가기 위해서는 서로를 존중해 주고 인정을 해야만 한다. 사소한 것을 가지고 트집을 잡아 이러쿵저러쿵 간섭하는 것은 상대를 괴롭히는 것이다. 이런 일로 직장을 그만두는 사람들도 있고 대수롭지 않게 여기고 정년까지 하는 사람들도 있다.

정○욱 씨가 후자에 속한 사람이다. 내가 처음 왔을 때 그를 비난하는 동료들이 있었다. 나이 먹어서 미꾸라지처럼 요리조리 비껴가며 뺀질거린다는 이유에서였다.

그는 나보다 네 살 더 연장자다. 나는 궁금한 것들을 그에게 물어보고 힘든 일도 그에게 도움을 청했다. 그러나 그는 상냥하고 친절하게 잘 가르쳐주었다. 다소 행동이 느린 것 같지만, 행동이 늦다기보다는 일하는 시간과 휴식 시간에 조금씩 오버하는 경향이 있었다. 군대 생활로 치면 고참 행세를 하며 여유를 부린다고 볼 수도 있을 것 같다. 그리고 선배로서 솔선수범하지 않는다는 이유도 있었다. 이런 행동들이 일부 후배 동료들은 못마땅하고 얄미웠을 것으로 생각한다.

한번은 일을 마치고 아침 식사를 그와 함께할 기회가 있었다.

"후배들이 선배를 못마땅하게 생각하는지 아세요?"

"그럼 잘 알지."

"그럼 고쳐야 하지 않나요?"

"나도 처음에는 저들과 친하게 지냈어. 함께 당구도 치고 운동도 하고…."

"그런데 왜 소원해진 거예요?"

"그야 자기들 맘이지. 언제인가부터 서로 말도 걸지 않고 멀어져 버렸어."

"회복해야 하지 않겠어요?"

"아무리 회사에 몸 바쳐 일한다 해도 내 몸이 상하고 건강이 나빠지면 나만 손해지 않나. 그렇다고 내가 일을 잘못하거나 남들에게 피해를 준 것은 없으니까.”

그는 말을 이어 갔다.

“동료들과 부딪히지 않기 위해서 나이 먹었다고 희생을 한다면 계속해서 희생해야 하는 일이 생기기 마련이거든. 솔선수범? 정작 나에게 돌아오는 것은 없어. 희생은 그냥 희생에서 끝나는 것이 사회생활이야. 정말로 진심으로 우러나오는 고마운 마음을 갖는 사람은 정말 몇 없어. 이제 자네도 겪어보면 알게 될 거야.”

맞는 말이다. 그의 오랫동안 경험으로 나름대로 직장생활을 터득한 듯 보였다. 정 선배는 여기서 근무한 지 10년이 훨씬 넘어 곧 정년퇴직을 바라보고 있다. 나는 그가 지난 세월 동안 무던하게 직장생활을 잘했다고 생각한다.

친하게 지내는 사람들끼리도 서로 이해하고 서로를 챙겨주기는 참 어렵다. 직장이라는 이윤을 추구하는 조직에서 관계를 형성한다는 것이 말처럼 그리 쉽지가 않다. 따라서 직장생활에서 인간관계를 잘하는 것은 가장 중요하다. 대부분의 갈등은 사람들과의 문제에서 시작된다.

인간관계를 잘하는 사람들은 그들만의 특징이 있고 직장생활 잘하는 법이 있다. 그렇다면 직장생활 잘하는 방법은 무엇일까? 나름대로 이렇게 생각한다.

첫째, 자기가 맡은 업무는 잘 처리해야 하는 것은 당연하지만, 이차적인 자기계발도 꾸준히 해서 좀 더 많은 능력을 갖춰야 한다. 마지못해 시간 보내기로 한숨을 내쉬며 일을 하는 사람은 능력이 생기지 않지만, 이왕 하는 일 즐겁게 한다면 능률도 오르고 능력도 인정받게 된다.

둘째, 동료들이나 상사들과 잘 지내기 위해서는 말 한마디 한마디를 조심하고 서로 배려하는 마음을 갖고 대해야 한다. 사람들은 말 한마디에 힘을 받고 위안과 용기를 얻는다. 같은 말이라도 좋은 표현으로 해 보라. 내 감정을 잘 전하는 것이 서로의 연을 맺어주는 메신저이다. 자기 말이 맞거나 옳다고 주장만 한다면 왕따의 지름길이다.

셋째, 한 부서에서 같은 일만 반복해서 하는 것은 본인에게 발전도 없고 쉽게 지치게 되어 지겨움만 남게 된다. 주기적으로 새로운 일들을 접해 보는 것도 좋은 일이다.

넷째, 자기가 하는 일이나 관련된 분야의 업무자료는 매뉴얼화해 놓으면 좋다. 언제 어떤 일이 생기더라도 대처할 수 있으며 부서 이동이나 업무 인수인계 시에도 훨씬 수월하다.

다섯째, 항상 웃어라. 웃는 얼굴에 침 못 뱉는다. 웃는 사람은 상대방도 기분 좋게 만든다. 웃으면 복이 오고 좋은 일이 생긴다.

여섯째, 일탈하라. 일 년에 한두 번 정도는 휴가를 내고 일상을 탈출하여 국내 어디든, 해외 어디든 여행을 가서 과감하게 즐기고 돌아오라.

일곱째, 과거에 있었던 사회적 지위는 일찍 포기하고 현실을 직시해야 한다. 어느 기업 간부 출신인 것이 중요한 것이 아니고 과거의 직업과 직책으로 받던 후광 효과도 더 이상 통하지 않는다.

나의 스킬 측면과 인맥 측면에서는 도움이 되지만 현재 일하는 데에는 도움이 되지 않는다.

시련이 와도 꿈이 있다

짧지 않은 세월 동안 한 회사에서 근무했다. 그리고 어느 날 큰 뜻을 품고 자립하였지만 많은 시행착오를 겪었다. 놀이 시설 수입 납품업과 영화상영업 그리고 부동산 개발 사업이 그것이다.

나는 회사를 사직하고 유원지나 테마파크에 놀이 시설을 납품하는 회사를 차렸다. 국내에도 놀이 시설 제작사가 있으나, 대부분은 외국 제작사에서 수입해서 설치하게 된다. 우리 회사는 국내에 없는 놀이 시설을 도입하고자 틈새시장을 공략했다. 그것이 번지점프다. 당시 국내에는 '번지점프'라는 말이 생소하기만 했다. 번지점프장이 없어 종종 대형 크레인에 고무줄을 매달아 뛰어내리는 이벤트를 벌이곤 했다.

나는 국내 번지점프를 처음으로 도입하는 사람이 우리 회사 사람들이라고 생각한다. 당시 우리 회사는 고객사와 얘기가 잘되어 많은 기초자료를 제공하고 외국 제작사까지 다녀와서 거의 계약단계에서 경쟁사에 오더를 빼앗기는 일이 빈번했다. 착하기만 한 직원 3명인 회사와 외국에 지사까지 갖추고 있는 대형회사의 조직에 밀려나기 일쑤였다. 막말로 '죽 쒀서 개 주는 꼴'이 되었다. 그 예가 강원도 ○○군 번지점프다. 서울에서 그곳까지 수십 번은 다닌 것 같다. 번지점프는 당시 마땅히 적용할 법 규정이 없었다. 정부 관련 부서는 국내에 없는 관련 법을 만들기 위하여 분주했다. 우리는 서둘러 캐나다, 호주, 유럽 등의 번지점프와 관련된 외국의 관련 법규를 도입해서 분석하고 연구해서 우리나라에 맞는 법규로 만들어 문화체육관광부에 제출했다. 그리고 기타 국내에 없는 수많은 관련 자료들을 찾아 제공하는 일은 하루아침에 이루어지는 일이 아니었다. 또 호주에 있는 제작사를 두 번 방문했다. 번지 기구의 제원과 성능을 알아보고, 솔 에이전트(Sole Agent, 총대리점) 계약을 맺기 위해서였다.

공급사와 솔 에이전트까지 맺었지만 정작 일을 따내지 못했다. 그동안 일이 수포가 되었다. 그 후로도 이런 일들이 빈번히 일어났다. 비용은 비용대로 들고 많은 날을 고생한 보람이 물거품처럼 사라지는 소기업의 슬픈 현실이다. 지금 생각하면 이런 일들로 인하여 더욱 성숙해지고 지금처럼 단단해지지 않았나 생각한다.

영화상영업은 초등학교 시절 교실에서 보았던 『성웅 이순신 장군』부터 지금 내 나이 오십 후반까지 이어져 온 나의 천직이다. 비롯해 옛날처럼 영화관 영사실에서 일하는 것이 아니라 전국의 영화제나 한강공원에서 벌어지는 '한여름 밤의 영화축제' 이런 곳에서 기술감독으로 일한다. 최근에는 코로나로 지쳐있는 시민들을 위해 인천시 연수구에서 주최한 '자동차 극장 행사'를 치렀다. 이런 행사도 보통 사람들이 보았을 때는 그냥 스위치만 누르면 '프로젝터가 영화를 보여 주는구나'라고 생각할 수도 있겠지만 사전에 현장을 여러 차례 답사하고 용량과 거리를 계산하여 최적의 영상 품질을 위하여 애쓴다. 그래서 영화를 감상하는 고객들이 작품 100% 그대로 감동을 갖게 하기 위함이다. 영화의 최종 완성은 그 작품을 제대로 상영하는 영사다. 나는 지금도 누군가 영화 얘기가 나오면 가슴이 설렌다.

내가 회사를 사직하고 했던 일 중에서 부동산 개발 사업은 연전연패만 하더니 드디어 서울 강남구 00동에서 홈런을 터트렸다. 지인의 소개로 00동 25층 건물의 지하 1층 3,500㎡ 넓이의 상가를 리모델링하는 사업을 성사시켰다. 우리는 현장을 분석하고 관련된 법적 문서와 서류를 검토하며 철저한 시장조사를 마쳤다. 사업주와 투자사 그리고 고객까지 모두가 만족해야 하는 일이라 설득력 있게 모든 정성을 다하여사업계획서를 만들어 제출했다. 조마조마 사업자금이 나오기까지는 두 달이 훨씬 넘게 걸렸다. 우리는 유명 건축디자이너를 앞세워 기존의 낡은 인테리어를 없애고 시대에 유행한 새로운 디자인으로 전부 바꿨다. 그리고 우수한 분양사를 선정하여 새로운 사업자들에게 분양하였다. 적게는 수억 원에서 많게는 수백억 원이 오가는 사업이라 애로사항도 많았지만, 양심과 진실 그리고 친절로 분양은 순조롭게 진행되었다.

이 한 건으로 15억 원이 넘는 돈을 벌었다. 그중 약 9억 원으로 강남에 가게를 매입하고 세를 주었다. 세입자는 '황태덕장'이라는 식당을 운영했다. 신도림동에 아파트도 한 채 더 장만했다. 차도 고급차로 바꿨다. 돈을 버니 여기저기 손을 내미는 곳이 많았다. 어느새 돈 냄새를 맡고 똥파리들이 나라 들었다. 고기 냄새와 돈 냄새 똑같은 것 같다. 돈이 있다는 것을 어느새 알고 알 듯 모를 듯 하는 사람들까지 모여들었다. 그중 평소 잘 알고 지내는 후배가 자꾸 찾아왔다. 똑똑하고 준수했으며 무엇이든지 열심히 살아가는 참신한 후배라고 생각을 하고 있었다. 그가 어느 날 심각하게 사업자금이 부족하니 도와 달라고 부탁했다. 나는 일언지하에 거절했다. 그러나 후배는 매일 찾아와 부탁했다. '나는 너를 믿지만, 사업은 믿을 수가 없다'며 거절을 했다. 나는 한사코 용돈을 쥐어서 돌려보냈다. 그래도 매일 찾아와 울며 부탁을 했다. 나는 전화도 받지 않고 그를 피해 다녔다. 그러던 어느 날 그가 찾아와서 가족 이야기를 하며 잘살아 볼 테니 한 번만 기회를 달라고 울면서 애원을 했다. 나도 서서히 그의 말에 동화되었다.

결국 황태덕장 가게를 담보로 제공해 주었다. 그는 그것을 담보로 6억 원을 융자했다. 몹시 불안했지만 한번 믿어보기로 했다. 4개월 정도 이자도 잘 내고 아무 일이 없더니 기어코 사건에 터지고 말았다. 후배가 사기 사건에 휘말리게 된 것이다. 처음에는 내가 맡아서 감당을 해보았지만, 융자금뿐만이 아니라 그 가게를 이용하여 더 큰 금액을 여기저기서 빌려서 썼다. 시간이 지나자 더는 버티기 어려웠다. 후배가 저질러 놓은 일을 내가 전부 떠안게 되었다. 그동안 벌어 놓은 재산을 다 잃었다. 거기에 빚까지 떠안았다. 망연자실 가족들은 한동안 속이 타들어 가는 아픈 세월을 보냈다. 다시 정신을 가다듬고 잘 할 수 있는 것부터 이것저것 닥치는 대로 일을 했다.

홈페이지 만들어 주기, 문서작성 대행,사업계획서 작성 대행, 컴퓨터 조립 판매, 영화제 기술지원 등 노동 현장 막일까지 닥치는 대로 생활을 이어갔다. 어느덧 가정도 조금씩 안정이 되고 가고 있었다. 대내외적으로 주식이나 가상화폐가 서서히 붐을 타고 있을 무렵이었다. 더욱 더 쉽고 빠르게 돈을 벌 방법이 없을까. 남들은 어떻게 재테크를 하는가 하고 검색을 하기도 했다.

어느 날 솔깃한 문자가 날아왔다. 적은 돈을 불려서 큰 수익을 만들어 준다는 내용과 그의 이력에 끌렸다. 그는 포털사이트에도 소개되어 있고 기관 및 각 회사에 초대되어 강사로 활동할 만큼 꽤 이름 있는 재테크 전문가였다. 일단 그를 믿어보기로 하고 소액을 맡겨보았다. 이틀 만에 세배로 불려 입금해주었다. 어떤 비법이 있는 걸까? 그래도 의심이 없어지지는 않았다. 그는 국가에서 운영하는 스포츠 게임 사이트에서 수익을 내는 비법을 소개했다. 수일 밤을 고민한 끝에 조금 더 큰 금액을 맡겨 보기로 했다. 또 사흘 만에 세배로 입금이 되었다. 신기한 노릇이었다. 이렇게 차츰 대출까지 해서 큰돈을 맡기게 되었다. 이 모든 것이 '악마의 독이 든 사과'인 줄은 몰랐다. 또다시 빚더미를 앓게 되었다. 문자메시지를 이용한 스미싱과 가짜 운영사이트를 이용한 파밍과 대출까지 이용한 신종 피싱을 당한 것이다.

하늘이 하얗게 보였다. 내가 무슨 일을 저지른 거지? 이 현실 상황이 꿈만 같았다. 도저히 믿어지지 않았다. 차라리 죽고 싶었다. 극단적인 생각을 결심하고 어떤 방법으로 깨끗하게 없어질까를 생각했다. 어느 날 갑자기 등산하고 싶었다. 작심하고 간 것은 결코 아니었다. 그냥 가벼운 마음으로 산에 올라 실컷 울고 싶었다. 그러나 시간이 갈수록 답답함과 초조함이 극에 달했다. 왜 살아야 하는가. 왜 나는 바보가 되어 버렸는가.

한없는 절망 속으로 빠져들어 갔다. 죽을 수밖에 달리 방법이 없었다고 생각했다. 이렇게 죽음의 세월이 흘렀다.

가족들은 이 사실을 아무도 모른다. 항상 풀이 죽어있는 남편이 안쓰러웠는지 아내는 더 안정된 생활을 하자는 따뜻한 권유로 나를 위로하고 격려를 해 주었다. 용기가 났다. 책을 보면 뭔가 방법이 있을 것 같았다. 뭔가 새로운 경험과 다시 일어서고자 하는 힘이 생겼다. 여기저기 알아보고 새로운 돌파구를 찾았다. 밤에 일하지만, 시간만 잘 조정한다면 낮에도 열심히 한다면 수입도 괜찮겠다는 생각에 이르렀다. 운이 좋게 지인의 소개로 일을 하게 되었다.

세월이 조금 흐른 지금은 다 지나간 일로 보다 더 좋은 계획을 꿈꾸고 있다. 멀지 않는 장래에 이 꿈들이 현실이 되기를 희망한다. 또 취미생활의 연장선으로 나만의 애장품 카페를 운영하고자 하는 희망 사항도 갖고 있다. 인생은 후반전이다.

2장

내가 바보니 당하게

에이,
설마 내가 피싱 사기를 당하겠어

최근 들어 얼굴이 화끈거리고 붉어지는 증상이 많았다. 시도 때도 없이 얼굴이 빨갛게 홍조를 띠고 화끈거린다. 또 가슴도 답답하다.

이런 증상은 무얼까? 남자도 갱년기가 있다던데…. 나도 갱년기가 온 걸까? 병원에 가봐야 할까? 오늘도 소파에서 일어나 멍하니 생각에 잠겨 있다.

뭔가 활기찬 새로운 것을 찾아보자. 노트북을 켜고 이메일을 확인한다. 새로운 이슈 거리를 찾아본다. 별다른 내용이 없다.

페이스북에서 친구들의 새로운 소식을 본다. 태국에 사는 친구의 프로필이 바뀌었다. '좋아요'를 눌러 주었다. 밴드에서 동창들의 소식을 보고 인사도 했다.

카카오톡에서 친구들의 소식을 일일이 본다. 이때 문자가 왔다.

【공지】 광주 ○○○ 아들 ○○ 군 결혼

【공지】 슬픈 소식 ○○ 친구가 어제 오후에 하늘나라로 떠났습니다.

'평상시 연락도 안 하는데 친구 아들이 결혼하는구나.'

학교 졸업하고 만남이 없는 이름만 등록된 친구들이다.

'그 친구가 아프다더니 죽었구나. 그래 이제 나이를 먹을 만큼 먹었어. 건강을 지켜야지….'

혼자 중얼거린다.

또 카카오톡 문자가 왔다.

행복 컨설턴트 재테크 전문가 박○욱:

"안녕하세요. 행복 컨설턴트 박○욱 입니다. 저 SM만의 이색 재테크가 궁금하시다면 클릭, 많은 분들이 이미 이용하고 계십니다. 주식, 비트코인보다 높은 안정성과 수익률 바로 한번 참여해 보세요.

NAVER 드림 서포터즈 재테크 전문가 박○욱 팀장

주식, 코인, 부동산은 이제 NONO! 새로운 정보로 여러분께 꿈과 희망을 확실하게 드리겠습니다."

'재테크 알려주는 남자 박○욱'

본인 사진까지 보냈다.

'이것은 뭘까'

궁금하다. 호기심이 발동했다. 사진을 클릭해 보았다. 네이버 블로그로 바로 연결이 되었다.

현재 자산관리사로 재테크 강연과 자산관리 세미나 등 많은 사람에게 자산관리에 대한 정보를 제공해 주는 아주 인기 있는 사람이었다. '재테크를 알려준다니' 더욱 궁금하다. 카카오톡으로 문자를 보냈다.

안녕하세요?

금방 답장이 왔다. 먼저 자신을 소개했다. 자신은 나라에서 운영하는'스포츠 ○○'의 실시간 수익을 창출해 주는 4차 산업의 빅데이터 기반 라이브를 재테크로 연결해 주는 사람이라고 했다. 그리고 각종 증거 자료들을 보여주었다. '백문불여일견'이니 직접 경험해보고 투자가치를 판단하라며 운영규칙과 함께 참여자 공간인 단톡방으로 안내했다. 단톡방에는 이미 많은 사람이 가입되어있었다. 여기저기서 가입 환영 인사를 건네왔다.

나는 직접경험해 보라는 그의 말에 일단 한 발을 뺐다. 좀 더 알아보기 위해서였다. 이렇게 처음으로 상담을 했다. 이런 재테크가 있다는 것을 처음으로 알았다.

'아, 사람들은 이런 정보를 가지고 이렇게 재테크를 하는구나!'

'나는 왜 이런 방법을 몰랐을까?'

네이버에서 '박○욱'을 더 검색해서 자세히 알아보았다. 사진과 함께 프로필 그리고 재테크 경력 등이 나왔다. 연결되는 블로그에는 더 자세한 내용이 나와 있었다. '네이버 블로그에 나와 있는 유명한 자산관리사가 직접 이런 재테크를 해 준다니 좋은 기회가 될 수도 있겠다'라고 생각했다. 신뢰가 갔다. 이 정도라면 가능하다 싶었다.

다음 날 오후 3시경 그에게서 문자로 연락이 왔다. 어제에 이어서 상담을 도와주겠다는 것이다. 실제 투자를 하는 것에 대한 두려움 반 호기심 반, 여러 생각으로 머리가 복잡했다. '전화 통화로 확인 상담을 해 볼까? 아니 수시로 채팅을 하는데 전화는 무슨….'

나 외에 다른 예약자들도 상담하고 있어서 정신이 없어 했다. 나도 쉽게 결정을 하지 못했다. 일단 단톡방에서 방 식구들이 하는 것을 더 지켜보았다. 방에서는 많은 사람이 투자를 하고 정보공유와 후기로 이야기를 나누고 있었다.

그렇게 며칠이 더 지나자 그가 사이트 주소와 가입 코드를 알려주었다. 테스트해 보고 투자가치 판단을 해 보라는 것이었다. 손실이 발생할 수도 있으니 처음에는 오만 원 이상은 절대 투자하지 말고 단지 경험을 해보라는 당부 말도 했다. 그리고 수익이 발생했을 때 후불로 10%의 수수료를 받는다고 했다.

나는 단톡방에서 하루에 3번 진행하는 리딩에 참여해보기로 했다. 단톡방에서 적은 금액으로 작은 수익을 경험해 볼 수 있는 구조로 운영되고 있었다. 이곳에서도 방 매니저의 지시에 따라 수십 명이 리딩에 참여하고 있었다. 안내 받은 사이트에 입장해 하라는 대로 따라 했더니, 리딩이 끝나자 5만 원이 40만 원이 되어 마이페이지에 적립이 되었다. 이 적립금은 언제든지 정산하여 자유롭게 사용할 수 있었다.

단 30분여 만에 투자금의 8배 수익을 낼 수 있다니 믿어지지 않았다. '스포츠○○' 라면 국민체육진흥공단에서 운영하는 스포츠 게임 사이트 아닌가. 그런데 어떻게 이럴 수가 있는가? 나는 의심을 하지 않을 수가 없었다. 하지만 이런 생각이 들 때마다 박○욱이 나타나 그 많은 사람이 자신을 믿고 현재도 수익을 내고 있다며 네이버 공인이라고 안심을 시켰다.

나는 점점 투자 금액을 높여갔다. 매니저는 별도로 운영하는 '개인 프로젝트'가 있으니 신청자는 따로 1대1 상담을 받아보라는 권유를 했다. '개인 프로젝트'란 원금손실 리스크가 없는 날짜 · 시간 · 패턴 최상의 구간분석을 통해서 수익 창출을 도와준다는 거다. 욕심이 생겼다. 이런 식으로 수익이 발생한다면 투자금을 올려도 금방 많은 수익을 낼 수 있기 때문이다.

개인 프로젝트를 신청한다는 메시지를 남겼다. 100% 예약제이기 때문에 며칠 후에 진행하는 날짜를 잡히고 최소 투자금은 기본 500만 원 이상 이라는 규정이 있었다. 그동안 단톡방에서 난 수익금을 합쳐 기본 투자금액을 만들어 예치하고 진행 일정에 대기했다. 박○욱은 수시로 카톡으로 연락해서 초보자인 나게 익숙해 질 수 있도록 진행 방법과 용기를 주어 수익을 볼 수 있게 서포트를 해주었다.

나는 긴장하지 않을 수가 없었다. 5백만 원으로 2천만 원을 돈을 벌 수 있단다. 이것이 사실이란 말인가. 이것은 행운이었다. 나한테 행운이 찾아온 건가? 이렇게 흐뭇해하고 있을 때 누군가가 카카오톡으로 대화를 신청했다.

나잇값은 사리 판단을 잘하라는 것

곽○혜 라는 사람이었다. 초보자인데 함께 의논해서 투자해보자는 제의였다. 나도 초보자로서 마다할 이유가 없었다. 그는 단톡방에서 진행하는 리딩에 작게나마 수익을 보았는데 프로젝트가 마음에 무척 들었단다. 투자금이 부족하여 3천만 원 대출을 받아 예치하고 진행 대기를 하는 상황인데 몹시 긴장된다고 했다. 나도 똑같은 입장이라 안심이 되었다.

한○숙 이라는 사람이 이야기에 끼어들었다.

"어머니 병원비도 그렇고 아기들은 계속 크는데 집이 좁아서 고민이 많았어요. 그런데 이 좋은 재테크를 알게 되어 시작했어요. 며칠 전에는 3천5백, 그리고 어제 진행했는데 8천만 원 수익을 받았어요. 저처럼 잘되실 거예요."

그는 계속해서 카톡으로 말을 이어갔다.

"남들 다 한다는 골프도 오늘 신랑이랑 등록하고 레슨 받고 왔어요. 생각보다 어렵네요. 이런 말 하기 쑥스럽지만 부부 금실도 좋아졌어요."

또 다른 카톡 대화방에서 나누는 대화 내용이다.

한○숙은 아는 지인을 소개한다며 송○윤과 카톡명 '나도 부자'를 우리 단톡방으로 데리고 왔다. 송○윤은 이제 막 가입한 초보자인데 잘 부탁한다고 인사를 했다. 활짝 웃고 있는 프로필 사진의 희끗희끗한 머리가 중년 이상의 아주머니다. 나도 부자는 양쪽 옆으로 두 아들과 함께 찍은 사진이 나이가 나보다 훨씬 더 위로 보인다. 이렇게 또 새로운 단톡방이 만들어졌다. 아주머니가 대화를 시작했다.

송○윤: 상담받았는데 혹시 하시는 분 계신가요. 생소해서 이해가 안 가네요.

나도부자: 팀장님에게 상담해 보세요. 저도 상담 받고 호기심에 10만 원 무료 리딩 받았는데 45만 원 수익 봤네요. 처음 보는 종목인데 더 해 봐야 할 것 같습니다. 공유 좀 부탁드립니다.

송○윤: 저녁 9시에 마지막 리딩 한다는데 저도 참여해 볼 예정입니다. 잘 부탁합니다.

나도부자: 환전했습니다. 진짜 되네요? 410만 원 수익 봤네요.

송○윤: 저도 환전받았네요. ㅎㅎㅎ 22만 원 수익 인증.

진짜인가? 이 사람들도 나처럼 똑같이 참여하고 있는 사람들로 보였다. 나는 몹시 궁금했다. 대화에 끼어들었다.

나: 안녕하세요? 이 방에 다섯 명 밖에 없는데요. 어떻게 하는 건지요?

곽○혜: 저도 한 지 얼마 안 돼서요. 매니저에게 문의해 보세요.

나도부자: 우와 축하드립니다. 저도 금액을 좀 올려봐야겠습니다.

곽○혜: 3차도 진행하는데 오늘이 무료정보방 기간 만료네요. 정회원 방 가려고요. 개인 리딩 예약해놨어요!! ㅎㅎㅎ기대되네요

나도부자: 벌써 진행하시나요?.. 대단하십니다. 저도 정회원 방 생각 중인데 고민되네요.

곽○혜: 곧 진행하니까 결과말씀 드릴게요. 개인리딩 기도 부탁드립니다.ㅎㅎ

나도부자: 네 인증 좀 부탁드립니다. 파이팅입니다. *혜 님!

곽○혜: 개인 프로젝트 성공했습니다. ㅎㅎㅎ 이거 진짜 되네요. 사진 공유해요. 28,770,000원 환전 완료했어요. 날아 갈 거 같아요.

나: 그런데 정보방은 어떻게 아셨어요? 엄청난 수익이네요, ㅎㅎ 계속 이렇게만 된다면 금방 부자 되겠어요.

한○숙: 저도 이런 거 자주 오길래 시간 나서 상담 받았는데 사기 같기도 하고 그래서 소액으로 했는데 진짜 송금해 주더라고요.

나: 아 네, 저도 한번 해 봐야겠어요. 계속 정보 공유해 주세요. ㅎㅎ

한층 더 호기심을 갖지 않을 수가 없었다. 우리는 이렇게 서로를 위로하며 정보공유를 이어갔다. 우리는 쉽게 돈을 벌 수 있다는 사실에 너도 나도 빨리 경험해 보고 싶은 강한 충동

을 느꼈다.

한○숙: 하세요. 진짜 이걸로 제가 아는 분도 하시고 엄청 벌었나 봐요.

나: 벌어요?

한○숙: 벌었대요. 이걸로...

나: 아 네

한○숙: 비밀인데요. 제가 우리 방 사람들에게만 살짝 알려드릴게요. 5천 만 원 이상으로 진행하면 VVIP 대접으로 유출픽을 준다네요. 물론 금액이 커질수록 이익도 어마어마하고요.

나: 그게 뭔데요?

한○숙: 진행하는 이 회사가 비밀리에 가지고 있는 일종의 정답 같은 거죠. 그래서 저도 계속 참여해 보려고요. 비밀이니까 절대 말씀하시면 안 돼요.

나도부자: 네 당근이죠. 저도 할 거니까요. 한 5천이면 얼마 정도 수익이 나는가요?

한○숙: 5천이면 2억 정도 된다네요. 최소….

나도부자: 아 우. 죽이는 거네요.

곽○혜: 저 아는 분도 대박이 나고 금액이 커서 분할로 4일에 한 번씩 송금 진행하라고 해서 그렇게 진행했다고 하더라고요.

한○숙: 저는 주식으로 엄청나게 손해 봐서요. 돈 까먹은 거 남편에게 눈치 보면서 살다가 겨우 메꾸고 등 허리 겨우 펴고 살아요.

단톡방의 경험담을 계속 이어졌다.

한○숙: 긴장하지 마세요. 청심환 드시고 하세요. 따듯한 차도 계속 마시고요.

나도부자: ㅎㅎ 네 집에서 하시는 건가요?

한○숙: 네 저 집에서 해요.

곽○혜: 컴퓨터로 하세요. 그게 빠르지 않나요? 근데 전 이제 빠른 게 필요가 없어요.

나: *숙님? 궁금한 거 있습니다만….

한○숙: 넹 말씀하세요.

나: 1. 최종 환전 받았어요? 2. 거기 업체는 어떻게 아셨는지요? 3. 최종 입금 받으면 다시 또 할 수 있는지요? 4. 등등 여러 가지 궁금한 게 많습니다.

한○숙: 네 다 환전받았어요. 그리고 예치금도 넣었고요. 개인 리딩 받고 계속 진행하고 싶은데 예약자가 많아서 맨날 대기네요. ㅜㅜ 그리고 요즘 모임도 많아서 못하고 있어요. ㅜㅜ

나: 2번 답변은?

한○숙: 주식 투자하는 사람들 매매 때 알게 된 거 같아요.

나: 아 처음에 얼마로 시작한 거죠?

한○숙: 네 정확히 900만 원 정도 제 돈 들어갔어요. 그게 다예요. 진행하는데 며칠 걸릴 거예요. 하루 만에 끝나는 게 아니에요 하루 몇 회차씩 줘요. 그거 회차에 맞게 베팅하시면 되세요. 그러고 나서 환전 신청하세요. 이러면

데요. 금액이 커지면 며칠에 걸쳐 받는데요.

나도부자: 시간을 안정해 주나요?

한○숙: 네 시간이 아니라 회차로 주던데요

나: 그럼 날짜는 주는 거죠? 그리고 베팅 금액도 정해 주나요?

한○숙: 네 베팅 금액은 말 안 해 주시던데요. 그래서 제가 물어봤어요. 얼마씩 가야 하냐고요. 욕심부리지 말고 적당히 가라고 하더라고요. 지금은 송금 다 받고 5천 예치해 논 상태에요. 더 합해서 크게 한 번 더 하고 좀 쉬려고요.

나: 아~우 대단하시네요.

한○숙: 엄청나게 긴장했어요.

나: ㅎㅎ 네 그러게요. 긴장하면 안 되는데… 걱정이에요. ㅋㅋ

나의 가슴이 뜨거워졌다. 나도 곧 저렇게 돈을 벌 수 있으리라. 내가 갖고 싶은 것들 그리고 하고 싶은 일들….

곧 그 꿈이 이루어지리라. 이렇게 나는 카카오톡 대화방에서 만나서 먼저 진행한 사람들로부터 경험담을 듣고 배우게 되었다. 나는 그것이 독이 든 사과인 줄은 진정 몰랐다.

악마의 만찬

나는 '유출픽'에 완전히 꽂혀버렸다. 일단 많은 자금으로 한 방에 먹고 털어버리자는 심보였다. 이 잘못된 욕심이 인생 업보로 다가왔다. 내가 사기를 당했다는 사실을 인지하는데는 이미 적지 않는 돈이 나가고 사태가 심각한 상태였다.

마음의 준비가 끝났다. '돈 놓고 돈 먹기다.' '그래 해 보는 거야. 나보다 더 나이가 훨씬 많고 컴맹도 하는데 나라고 못 할 이유가 없다. 이번 기회에 한몫 잡는 거야.'

혼잣말로 중얼거리며 먼저 모아둔 비상금을 확인해 보았다. 1천만 원 정도였다. 이 돈과 그동안 박○욱에게 코치 받아서 모은 적립 되어 있는 5백만 원, 통장잔액까지 모두 싹 다 모아야 겨우 2천만 원이 채워졌다. 유출픽 진행자금으로는 턱없이 부족했다. 자금을 더 확보해야 한다. 어디서 자금을 확보할까? 고민이 되었다. 일단 이 돈으로 자금을 더 벌어볼 생각을 했다.

나: 매니저님 저는 자금이 부족해서 먼저 2천만으로 진행할까 하는데 가

능할까요?

박○욱: 그러시면 회사에 올려보고 자금에 맞게 진행을 도와 드리겠습니다. 너무 급하게 서두르지 마시고 천천히 자금을 알아보시면 분명 좋은 길이 있을 거예요. 초기 자금이 부족하신 분들은 대출받아서 진행하고 바로 갚아버리면 되니까 그렇게 하신 분들도 계시고요.

다음날 박○욱이 회사에서 승인이 안 됐다는 연락을 해왔다. 규정상 5천만 원 이상이 입금되어야 진행이 된다는 것이다. 이렇게 유출픽 기본금액인 5천만 원이 아직 충족하지 못하여 실제로 진행을 하지 못하고 초조한 시간이 흘러가고 있었다. 단톡방 사람들은 서로 '얼마를 벌었네' 자랑만 늘어놓았다. 박○욱은 좋은 날짜에 밀착해서 진행을 도와주겠다며 너무 걱정하지 말라고 안심을 시켰다.

나는 마음이 더욱 조급해져 갔다. 동생과 친구, 지인들에게 급한 일이 생겨서 돈이 필요하다고 처음으로 전화를 해보았다. 내 성격에 돈 부탁하는 것이 제일 싫고 민망한 일이라고 생각한 나였다. 며칠만 쓰고 금방 갚아버릴 생각에서 민망함도 잠시 잊어버렸다. 후배 2명이 소액이지만 쓰고 달라며 입금을 해주었다. 그러나 나머지 사람들은 모두 거절했다.

며칠 동안을 이렇게 자금 마련을 위해 온 신경을 썼다. 급할 때 돈도 융통할 수 없는 사람이라고 생각하니 인생 헛살았다는 자책감도 들었다. 나는 계속해서 박○욱에게 카톡으로 연락을 하며 관계를 유지했다. 자금을 마련하고 있으니 꼭 도와 달라는 내용과 함께….

박○욱은 신용 상태가 괜찮다면 은행권에서 대출을 알아보는 것이 어떠냐고 귀띔을 했다.

나는 혹시 모르니 거래 은행 앱에 접속해 보았다. 몇 가지 질문에 답했다. 깜짝 놀랐다. 직접 대면도 없이 예상외로 쉽게 신용대출승인이 떨어졌다. 또 다른 두 곳의 은행에서도 같은 방법으로 대출을 받았다.

나는 이렇게 대출이 쉽게 될 줄은 알지 못했다. 아마도 평상시 유지하고 있던 신용등급이 크게 좌우한 것 같다. 내 신용등급이 최고등급인 줄도 모르고 있었다. 그래서 최대한 자금을 확보해 보자는 욕심이 생겼다. 차라리 더 큰 VIP 프로젝트로 가기 위해서는 자금이 더 필요하다고 생각했다.

제2금융권인 저축은행 담당자와 통화를 했다. 몇 가지 서류를 준비하라고 하더니 대출이 되었다. 이왕이면 좀 더 확보해 보자. 돈이 나올 방법으로 몇 군데 더 알아보았다. 나는 최대한 대출을 많이 받고자 했다. 이자율이 높은 ##은행에서도 대출이 되었다.

가족들도 모르게 비밀리에 돈을 만들기는 정말 힘들었다. 이렇게 만든 돈이 1억 원이 넘었다. 목표금액 보다 훨씬 오버된

금액이다. 수중에 있는 1만 원짜리까지 전부 탈탈 털어 모아 자금을 만들어 넣었다.

이제 통장잔고는 0원이다. 나는 이자율이 높은 것부터 곧바로 갚을 생각이었다. 박○욱에게 자금이 완료되었다는 소식을 문자로 얼른 전했다.

박○욱: 입금하신 인증사진 찍어서 보내주시면 예약 도와드리겠습니다. 확인되면 고급 방으로 안내해드리겠습니다. 회원님들께 양질의 정보를 제공하고 개인 프로젝트는 수익금에서 후불 수수료 10%로 운영되는 회사입니다. 차후 [정보방] 입장 및 [프로젝트] 참여 의사가 있으시면 재입장 도와드리겠습니다. 자회사는 회원님들의 이익을 항상 보장하지만, 회원님들과 본사의 이익을 추구하는 단체임을 공지해드립니다.

나: 팀장님 제가 좀 늦었지요. 입금 완료하고 사진 보냈습니다. 좋은 날 잡아주세요. 그리고 제가 안정되게 잘 할 수 있도록 옆에서 도와주십시오.

들뜬 마음으로 박○욱에게 입금 사실을 알리고 기다리니 연락이 왔다.

박○욱: 대표님 설명 도와드릴게요. 유출구매 확정되셨고요. 하루로 끝나는 게 아니고요.

박○욱은 자금의 사용 규정과 진행 방법에 대하여 자세하게 설명을 했다. 나는 몹시 불안초조 했지만 그를 믿고 따라갈 수밖에 없었다. 이렇게 그의 아바타가 되어 버렸다.

박○욱: 네 상담이 많이 밀려있어서 먼저 일 좀 보고 연락 오는 대로 말씀드리겠습니다. ^^

나: 팀장님 아주 아주 신경 써서 봐주셔야 합니다. 밀착으로다가….

박○욱: 건강하고 행복한 시간 보내시길 바라며 대표님께서 성공 투자 하실 수 있도록 항상 옆에서 서포트하는 행복서포터즈가 되겠습니다.

결전의 날짜가 잡혔다. ○월 4일. 이제부터는 내가 실수만 하지 않고 지시가 내려오는 대로 실행만 하면 된다. '실수하지 말자.' '나는 꼭 성공한다.' '나는 성공한 사람이다.' 나는 간절함을 안고 수도 없이 자기최면을 걸었다. 이게 얼마만의 기다림에서 오는 설렘인가? 이제 곧 '고생 끝 행복 시작'의 시간이 다가오고 있다. 나는 잠시 눈을 감고 앞으로 계획을 생각해 본다.

'가족들과 세계일주, 대출금을 상환하고, 안마의자도 최신으로 사자. 하고 싶은 복지사업 꿈도 이뤄보고 싶다. 이 때를 위하여 사회복지사 자격증도 취득하지 않았는가? 아 그리고 지금 타는 자동차는 너무 오래됐어. 바꿀 때가 벌써 지난 거지. 아내와 아이들에게 빳빳한 현금으로만 1천만 원씩 선물해 줘야

겠다.'

저절로 웃음이 나왔다. 이렇게 나는 간절하게 소원이 이루어지길 바라고 있었다. 이런 꿈을 꾸고 있을 즈음, 박○욱에게서 연락이 왔다.

박○욱: 저희는 대표님의 성공을 위하여 다방면으로 신경을 쓰고 있습니다. 이제 곧 그 꿈을 실현해 드리겠습니다. 각별히 개인 건강관리 하셔서 가족과 행복한 일만 가득하길 바랍니다.

아침부터 인터넷 접속은 문제가 없는지 마우스는 원활한 작동을 하는지? 무엇 하나 문제가 생긴다면 큰 손실로 이어지기 때문에 사전에 모든 점검을 마치고 대기했다. 몹시 긴장되는 시간이었다.

이미 알려준 대로 사이트에 접속하여 그가 하라는 대로 마우스를 클릭했다. 몹시 들뜬 마음으로 긴장하고 임하였으나 예상외로 아주 쉽게 금방 끝나버렸다. 다음 날도 아침부터 컴퓨터 앞에 앉아서 오더가 오기를 기다리고 있다. 어제 한 번 해본 터라 훨씬 홀가분하고 긴장도 덜했다. 12시가 약간 못 되어 카톡 문자가 왔다. 오늘도 하라는 대로 아주 쉽게 끝났다. 돈이 쌓여간다는 마음에 기분이 '업' 되었다. 이렇게 며칠 만에 몇 번의 클릭으로 큰돈을 벌 수 있다는 것에 대하여 한편으로 의구심도 들었다. 이렇게 진행하다가 박○욱이 사라진다면 어떻게 될까? 그가 아무리 잘나가는 공인이라 할지라도 어떻게 이렇게 쉽게 돈을 벌 수 있단 말인가?

나쁜 쪽으로는 생각하기도 싫은 상황이었다. 내가 남몰래 어렵게 만든 자금이지 않는가. 그래서 사이버상에서 이루어지고 있는 현실이라 항상 불안한 마음이 존재하고 있었다. 불안한 생각이 들 때마다 박○욱은 나타나 어찌 그렇게 내 마음을 잘 아는지 '걱정하지 마라'며 힘을 주곤 했다. 또 단톡방 사람들도 정보를 공유하며 서로에게 축하하고 있었다. 기존에 성공한 사람들도 있고 또 믿을 수 있는 '공인 자산전문가 박○욱'이 진행하고 있지 않는가. 나는 네이버 블로그에 사진과 함께 나와 있는 박○욱의 프로필과 그의 활동내용 등을 철저하게 믿고 있었다. 나는 왜 진작 이런 시스템을 몰랐을까. 다음 날 또 컴퓨터 앞에 앉아 있었다.

이렇게 하루에 한 번 하던 행사를 박○욱은 이틀에 한 번 사흘에 한 번 이렇게 길어졌다. 그럴 때마다 그는 아무 문제가 없으니 걱정하지 말고 자신을 믿고 기다려 달라고 했다. 걱정이 되었지만, 워낙 친절하게 잘해 주고 있어서 기다릴 수 있었다.

나: 팀장님 좋은 아침입니다.. 대기 중입니다. ~~

박○욱: 네 대표님 연락 오는 대로 정보 알려드리겠습니다.

나: 팀장님 오늘도 없나 보네요. 눈 빠지게 기다립니다. ㅠ

박○욱: 네 대표님 저도 위 측에서 정보를 받아 알려드리는 거라 어떻게 손쓸 방법이 없습니다. 랜덤으로 나오는 부분이라 위 측에서 정보를 안 주면 저도 못 알려드리는 부분입니다.

나: 아 네 이렇게 끝날 때까지 마냥 기다려야 되는군요.

박○욱: 네 대표님 저도 어떻게 할 방법이 없습니다. 위 측에서 정보 주는 대로 바로 연락드리겠습니다.

다음 날에는 오후 늦게 연락이 왔다. 오후 시간이면 어떠냐? 아무런 문제만 없으면 되는 것이다.

이대로 순조롭게 쭈~욱~~

나: 팀장님 안녕하세요? 성공입니다. 여유 시간이 5분 이어서 하마터면 놓칠 뻔했습니다. 감사합니다.

박○욱: 네 대표님 축하드립니다^^ 매번 정보 나오는 대로 알려드리겠습니다.

○월 ○일 월요일 아침이다. 평소처럼 컴퓨터를 켜고 대기 모드로 들어가려고 했다. 그러나 사이트에 접속이 되지 않았

다. '왜 접속이 안 되지' 컴퓨터를 재부팅해 보았다. 똑같이 접속이 되지 않았다. 핸드폰에서 접속해 보았다. 접속이 되지 않았다. 인터넷을 확인해 보았다. 아무런 이상이 없다. 불안감이 엄습해 왔다. 급히 박ㅇ욱에게 연락했다.

박ㅇ욱: 네 대표님 현재 사이트 측에서 서버 안정화 점검하고 있는 걸로 알고 있습니다.

나: 네? 곧 오픈되는 거 맞지요? 팀장님.

박ㅇ욱: 네 대표님 오늘은 유출픽 없을 예정입니다. 연락드리겠습니다.

나: 네 그런데 예고도 없이 사이트가 이렇게 접속이 안 되면…. 팀장님 정말 문제가 없는 거지요?

박ㅇ욱: 네 대표님 문제없으십니다.

나: 네 휴~~ 문제가 없으면 다행입니다. 무슨 일 있으심 연락해 주시면 고맙겠습니다. 늘 감사합니다. 연락기다리겠습니다.

박ㅇ욱: 네 대표님.

나: 팀장님 언제쯤 사이트가 열릴까요? 불안해 죽겠습니다.

박ㅇ욱: 네 현재 점검 중이라는 말만 오고 있네요. 안심하셔도 돼요.

나: 이런 상태에서 팀장님까지 연락이 안 된다면…. 상상하기도 싫습니다. 암튼 가끔 카톡으로 상황을 말씀해 주시면 안 될까요? 제발 아무 일 없기를 빌고 빕니다.

박ㅇ욱: 네 대표님 걱정 안 하셔도 되십니다.

나: 팀장님 월요일 평일인데 많은 사람이 이용하는 사이트가 이렇게 접속이 안 되고 있는데 너무 걱정됩니다. 숨이 막힙니다. ㅠㅠ 팀장님.

박○욱: 네 대규모로 업데이트하고 있는 것 같습니다. 안정화를 위해 현재 서버 안정화 작업하고 있는 것 같은데 6개월에 한 번씩 점검해요. 걱정 안 하셔도 되십니다.

나: 그런데 업데이트한다고 배너라도 띄우시지. 너무 걱정되고 아무 일도 할 수 없습니다.

박○욱: 네 이 부분에 대해서는 제가 실수했네요.

박○욱: 워낙 많은 분을 책임지고 있어서 따로 공지사항을 말씀드렸어야 했는데 물의 일으킨 점 대단히 죄송합니다.

박○욱: 걱정 안 하셔도 되세요. 대표님. 오늘 중으로 끝나지 않을까 싶은데요.

나: 아 네 그런데 이런 중요한 문제는 팀장님 회사의 대표님은 알고 계시지 않을까요.

박○욱: 다른 회사다 보니까 저희 대표님도 알 수는 없고요. 그쪽 브로커는 알고 있는 걸로 알고 있습니다.

박○욱: 별문제는 없어 보이고 대규모로 서버 안정화 작업이 지연되고 있는 것 같습니다.

나: 아~ 제발 문제없기를 빕니다.

박○욱: 네 문제 없으세요. 대대적으로 서버다운 후 서버 안정화 작업 진행 중입니다. 크게 별문제 없으시니까 안심하세요.

다음 날 ○○일 화요일, 몹시 불안한 마음이다. 오늘은 사이트가 정상적으로 복구가 되어야 하는데…. 오늘 복구가 안 된다면 분명 문제가 있는 것이다. 아침 일찍부터 박○욱에게 연락했다.

나: 팀장님 보십시오. 오늘 ○월 ○일 오전 09시 10분 현재까지 사이트는 열리지 않고 또 이것에 대한 아무런 안내도 없습니다. 분명 문제가 있는 것으로 판단됩니다. 팀장님. 현재 사이트가 열리지 않는 이유와 앞으로 언제 열리는지 계획을 소상하게 답변해 주시기 바랍니다. 팀장님께서는 대대적으로 서버다운 후 안정화 작업을 진행 중이라고 하셨는데요. 그렇다면 진짜로 그러는지 어떤 안내 또는 합당한 이유가 있을 것입니다. 저는 팀장님께서는 이미 알고 계시리라 생각하고 있습니다. 저는 고객입니다. 저는 팀장님만 믿고 일을 진행하고 있습니다. 부디 현재 상황을 말씀해 주시기 바랍니다.

박○욱: 네 대표님. 제가 아는 부분 계속 말씀드렸습니다. 대대적인 서버 안정화 및 사이트 자체 리뉴얼로….

나: 연락도 안 되고 많이 걱정했습니다.

박○욱: 네 알겠습니다. 대표님.

다음날도 아침 일찍 박○욱에게 연락을 취했다. 박○욱은 더 이상 나오지 않았다. 나는 급하게 박○욱에게 전화를 걸었다. 그가 전화를 받았다.

나: 여보세요? 박○욱 팀장님이세요?

박○욱: 네. 누구시죠?

나: 네 접니다. 저 김오현입니다. 팀장님 프로젝트에 참여하고 있는….

박○욱: 아 네 어디로 전화를 하셨습니까? 제가 박○욱인데요. 이런 전화를 몇 번 받았는데요. 저를 사칭하고 다니는 사람이 있어요. 아니 왜 그러셨어요.

나: 예!!!

나는 몸이 굳어짐을 느꼈다. 갑자기 모두가 하얗게 보였다. 설마 설마 했는데…. 속았구나. 내가 왜 먼저 이것저것 자세하게 확인하지 않고 했던가. 항상 마음속에는 불안감이 있었는데…. 그냥 네이버에 나와 있는 재테크 공인으로 생각하고 믿어버린 것이 크나큰 실수였다. 더 자세히 본인 여부를 확인하지 못한 것이 한이 되어 돌아왔다. 프로젝트 진행하냐고 물어봤다면 미리 예방하였을 것을….

가슴이 저렸다. 한동안 숨이 막혔다.

내가 속다니….

내가 사기를 당하다니….

이것이 꿈이겠지….

현실이 분명 아닐 거야….

믿어지지 않았다.

아무것도 모르는 아내랑 가족들이 안다면 어떻게 될까?

아내와 아이들을 어떻게 본단 말인가?

미칠 것만 같았다.

이렇게 나는 악마의 만찬에 초대되어 독배를 마셨다.

내가 당하다니….

열정이 절망으로

아무런 의욕이 없었다. 주변에는 몸이 안 좋아서 며칠 쉬겠다는 통보만 하고 모두 단절했다. 온몸이 아리고 타는 듯한 통증이 계속 이어졌다. 먹는 것도 사치 같았다. 배고픔도 잊었다. 물만 마시고 계속 잠만 잤다. 이것이 꿈인지 현실인지 분간이 되지 않았다. 3일이 지난 것 같다. 이렇게 잠만 자니 온몸이 굳어지는 느낌이다. 아내는 영문도 모르고 병원에 가보자고 했다. 내가 지금 무엇을 저지른 것인가. 내가 무엇을 잘못한 건가. 도대체 지금의 현실을 받아들일 수가 없었다. 몇년 전 강남의 가게를 날려 버릴 때도 이러지는 않았다. 사업하면서 손해를 보고 자금이 잘못되어 빈 깡통이 돼버렸을 때도 이러지는 않았다. 내가 왜 이렇게 판단이 흐려졌는가? 나는 정말 심각한 정신병을 앓고 있는 것 같았다. 당장 혀를 깨물고 싶었다.

먼저 아내와 아이들이 떠올랐다. 얼마 전부터 둘째 다롱이의 제안으로 우리 가족은 각자 매달 십만 원씩 적금을 넣자고 있다. 해외여행을 가기 위해서다. 아내는 다른 것은 다 괜찮아도 돈 문제 만큼은 매우 예민한 사람이다. 아내와 아이들이 이 사실을 안다면….

금전적인 손해도 있지만 얼마나 아파하고 안타까워서 마음을 졸일까? 그동안 내 잘못으로 여러 차례 집을 장만했다가 다시 팔기를 반복했다. 이제 다시 새로운 집에서 출발하려고 하는데 이런 일을 당하다니, 나는 도저히 가족들에게 말할 엄두가 나지 않았다. 현재 우리 가정의 잔잔한 평화를 깨뜨릴 수가 없었다.

이왕에 말이 나왔으니 아내에 대해 천천히 생각해 보니 나는 아내를 처음 보자마자 첫눈에 반한 사람이었다. 여태까지 30년 가까이 살아오면서 이런 말을 한 적이 없다. 하지만 오늘은 일부러라도 아내 예찬을 해야겠다. 팔불출이 된다고 해도 말이다. 이렇게 나이가 들면서 내가 이나마 살게 된 것은 전적으로 아내 때문이란 사실을 고백하지 않을 수 없기 때문이다. 나를 아는 친구들은 하나같이 이렇게 말을 하곤 한다.

"자네는 정말 마누라를 잘 만난 것 같네. 자네같이 돌아다니기를 좋아하고, 직업을 많이 바꾼 사람이 그나마 남편 또는 아버지 구실을 하는 것은 다 바로 자네 아내 때문일 걸세."

사실 나는 여행을 좋아해서 계획이 잡히면 '여행 좀 다녀올게'하고 일정과 관계없이 수없이 집을 비웠다. 그렇게 아내와 아이들을 두고 외국에서도 몇 년을 생활하고 돌아오곤 했다.

아내는 참 대단한 인내력의 소유자이다. 이런 나에게 아내는 묵묵히 기다리며 나의 성공을 바라는 사람이다. 남들이 알아주지 않아도 남편을 믿고 자존감을 세워주는 여자. 하루하루 전쟁 같은 삶의 가운데서도 무너지지 않고 당당하게 사는 여자다. 수많은 날을 못난 남편 때문에 속이 터져 많이도 울었으리라. 또 아내는 한 번도 나를 원망하거나 나쁘게 말한 적이 없다. 남편을 믿고 있기 때문일 것이다. 내가 삼성에서 사직할 때도, 강남에 있던 가게가 잘못되어 날려버릴 때도, 아파트를 팔고 여러 번 이사했을 때도 아내는 나를 원망하지 않았다. 오히려 나를 위로하고 운명이라 생각하고 앞으로 더 잘 될 거라는 말로 신념을 주었다.

여태까지 내가 이렇게 문제만 일으키고 속을 썩이는 일을 하며 살았는데도 그나마 이렇게 사는 것은 오로지 아내의 덕이다. 늦게나마 이런 아내에게 내가 잘하려고 노력하고 있는데 이런 큰 시련을 또 주게 되는 것은 있을 수 없는 일이 아닌가? 나는 내게 닥친 현실이 무서웠다. 이때까지 든든하게 버팀목으로 참아준 아내와 아이들이 냉정해질까 봐 두려움이 생겼다.

나는 당분간 집을 나와야겠다고 생각을 했다. 가족을 설득할 수 있는 핑계거리가 필요했다. 회사도 멀고 또 일거리를 맡았는데 시간이 모자라고 집중도 안 된다는 꼼수거리를 찾았다.

나는 가족에 대한 죄책감과 미안함 그리고 절망감을 벗어나기 위하여 독립을 결심했다. 또 뒷감당을 어떻게 하려고 현재의 사실을 숨기고 집을 나간다는 것이 더 큰 실수를 감행하는 생각도 들었지만, 감당은 나중에 하기로 했다. 나는 회사 근처의 허름한 원룸을 구했다. 나는 아내와 아이들이 출근한 시간에 집을 나왔다. 눈물이 왈칵 나왔다.

나는 혼자가 되었다. 바보 같고 창피함에 누구와 의논할 수도 없었다. 어려운 상황이 되었을 때 마음을 나누고 의존할 사람이 있다면 얼마나 좋을까를 생각했다. 그럴 사람이 없다는 것이 너무나 슬펐다. 예수님을 찾아 교회를 나가 열심히 기도를 드려볼까를 생각했다. 부처님을 찾아 절에라도 가고 싶었다. 평소에 믿음의 종교가 없음에 그렇지도 못했다. 지갑에는 단돈 1만 원도 없었다. 단지 언제 거래정지가 될지 모르는 신용카드 한 장이 전부다. 곧 도래하게 되는 카드값 대출이자를 적절하게 활용해야 한다. 대부금 대출원금과 높은 이자를 금방 갚겠다는 생각으로 과다대출을 한 것이 현실 그대로 다가왔다. 집에 생활비를 주어야 하고 내 생활비가 있어야 했다.

평소에 친하다고 생각하는 친구에게 사실대로 말하고 일단 대부금부터 해결해 보고자 했다. 친구는 내가 보이스피싱을 당했다는 사실을 믿지 않았다. 그냥 어려운가 보다 했다. 그리고 "친구 힘내! 파이팅! "이라며 끝이다. 직접 만난 다른 친구도 마찬가지였다. 돈 얘기는 꺼내지도 말라며 미리 엄살을 떨었다.

만취가 되었다. 차라리 깨어나지 않았으면 했다. 지푸라기라도 잡고 싶은데 친구라는 것들의 영혼 없는 말에 실망했다. 내가 비로소 바닥까지 떨어졌다는 절망에 빠졌다. 이 현실을 어떻게든 벗어나고자 몸부림치며 치를 떨었다. 술에서 깨어나면 또 사실이라는 것이 받아들일 수가 없었다. 방안에 빈 술병만 늘어갔다. 숨을 쉬고 있다는 것조차 너무 싫었다. 현실을 부정할 수밖에 없는 나날들이 계속 이어졌다. 사는 게 사는 것이 아니었다. 사람들은 이렇게 해서 노숙자가 되고 병을 얻게 되고 폐인이 돼서 그러다가 결국은 죽음에 이르게 되리라. 나는 이런 절차를 밟고 있는 것이 분명했다.

'잘해보려고 했는데… '역시 김오현'이고 싶었는데… 살아있다는 것을 보이고 싶었는데… 이렇게 허망하게 무너지다니….'

『에고라는 적』의 책을 읽은 적이 있다. 라이언 홀리데이가 쓴 책이다. 작가는 "열정이 과하면 미친놈이다"라고 했다. 성공하는 것도 열정 때문이지만, 크게 망하는 것도 열정 때문이라고 말한다. 그리고 역사적 인물들의 사례를 조목조목 들었다. 나폴레옹이 대표적이다. 그가 그렇게 승승장구한 것은 당연히 열정 때문이었다. 어느 순간 자기의 여건을 고려하지 않고 능력을 과신한 나머지 '내 사전에 불가능이란 없다'라며 신념과 열정으로 자기 능력을 오버해서 러시아를 침공했다가 결국은 패배하고 인생의 내리막길을 가게 되었다. 그래서 홀리데이는 "과도한 열정을 가진 사람은 '미친놈'이라고 했고 '열정은 병'이라고 했다. 열정이 인생을 망치게 한다는 것이다. 여러 가지로 많은 생각을 하게 하는 책이다. 나를 두고 하는 말 같다. 나는 그 얼마나 열정을 가지고 살아왔던가. '열정'이라는 말을 너무 좋아한 나머지 호로 사용하고 하마터면 이름까지 '김 열정'으로 바꿀 뻔했다. 우리도 군대에서 많이 사용하는 '하면 된다' '안 되면 되게 하라' '꿈은 이루어진다' 등 많은 용어가 있다. 이 책을 보고 나서 이런 용어들이 틀렸다고 생각했다. 세상을 살아가면서 안 되는 일들이 얼마나 많은가.

이 책의 충고를 통해서 과도한 열정 망상적인 열정은 지극히 경계해야 한다는 교훈을 얻게 되었다. 나이의 한계도 있을 것이고 능력의 한계도 있을 것이다. 내 여건을 고려하지 않고 오직 욕심에 눈이 멀어 열정만 가지고 도전하다가 폭삭 망하게 된 것이다. 나 자신을 냉정히 돌아보고 이성적 판단을 해 보는 계기를 가지면 좋겠다.

나를 죽이지 못한 건…

방안에는 빈 술병이 재산인 양, 한쪽 부분을 차지했다. 이불, 베개, 냄비, 숟가락, 밥그릇 등 꼭 필요한 물건은 차차 필요하면 준비한다는 것이 아직 준비하지 못했다. 식기 도구는 나무젓가락과 종이컵 일회용품뿐이다. 텅 빈 방 안에 그냥 고목처럼 누웠다가 출출해서 일어나면 컵라면에 소주만 주야장천 마셔댔다. 이럴 때 떠들어 주는 흔한 텔레비전이라도 있으면 좋은 친구가 될 텐데….

술에서 깨어 있을 때는 무거운 정적만이 흐른다. 천정의 형광등이 파르르 떨고 있다. 눈물이 흘러내렸다. 내 나이 육십이 코앞인데 이 무슨 운명의 장난이란 말인가? "경륜이 쌓이고 사리와 판단이 성숙하여 남의 말을 순하게 받아들일 수 있게 된다"는 '공자의 이순'을 너무 순진하게 받아들였을까? 공자는 왜 그런 말을 했을까? "순하게 받아들인다"는 말이 이런 말이 아닐진대 나는 왜 비겁하게 노련함을 빼고 유혹을 끼워 넣기 하고 싶은 걸까? 불혹은 이미 먼 옛날 추억의 말장난인 것을…. 곧 이순을 향해 달음박질쳐 가면서도 부질없는 인생살이에 소중한 가치를 잊어버리고 눈앞의 이익만을 좇아 방황하면서 살아온 세월인 것 같아서 더 서러워 눈물이 난다.

벌떡 일어나 근처 편의점을 찾았다. 소주 한 묶음(6병)과 건빵 두 봉지를 카드로 샀다. 한 병을 원샷으로 목구멍에 쏟아 부었다. 얼마 가지 않아 세 병이 비워 졌다. 취기가 금방 올라왔다. 술을 마시니 더 처량하고 한심했다. 가슴의 통증이 완화되었다. 떠들어 주는 라디오라도 있으면 적적함이 덜할 텐데…. 이 나이 먹도록 나는 도대체 무엇을 하였는가? 내가 제정신인가? 정말 내가 미쳐가고 있는 걸까? 내가 왜 그런 무모한 짓을 저지른 건가? 생각할수록 또 가슴이 뛰고 불안감이 밀려왔다. 나는 벌을 받는 것일까? 이래서 병이 생기고 암이 생기는 걸까? 나는 참 열심히 살아왔다고 생각했는데…. 정말 나는 바보란 말인가? 나는 철저하게 고립되었다. 친구나 지인들을 만나는 것조차 싫었다. 내가 이렇게 나약한 존재였단 말인가. 생각할수록 자꾸 작아져만 가고 아무런 의욕도 없이 날마다 무력감과 자괴감이 나를 지배했다. 밖에 나가는 것조차 싫어졌다. 우울증이 먹구름처럼 나의 생활에 드리워졌다. 자취방에 빈 술병만 쌓여 갔다.

날씨가 화창한 어느 날 원룸에서 멀리 바라다 보이는 산에 올라가서 기분 전환을 해 볼 생각이었다. 소주 네 병과 건빵 한 봉지를 가방 속에 넣었다. 산신령님과 한잔 마시고 그것도 아니면 하늘을 쳐다보며 울분을 토하고 싶었다. 이곳에 와서 처음으로 올라 본 산행이었다. 가방을 메고 등산로를 따라 걸었다. 제법 큰 소나무가 빽빽이 들어서 있고 고목들이 등산로까지 스러져 있었다. 양지바른 곳에 아직은 이른 새싹들이 움틀 준비를 하고 있었다. 꽤 가파른 바위 샛길을 따라 정상을 향했다. 실족 사고를 예방하고 동시에 잡고 오르고 내릴 수 있는 밧줄이 길게 설치되어 있었다.

이마와 등에 땀이 흥건하다. 정상에 오르니 멀리 도시가 낯설게 보였다. 오늘은 미세먼지도 그리 많지 않았다. 가슴이 확 트였다. 이래서 사람들은 산에 오르는 것일 것이다. 전망 좋고 평편한 바위에 자리를 잡고 소주를 꺼냈다. 뚜껑을 따서 바위 아래 낭떠러지 쪽으로 뿌렸다. '신령님 나오십시오. 한잔합시다.' 산 까마귀가 울어댈 뿐 아무런 반응이 없다. 그냥 혼자 마시기엔 고스레 행위일 뿐이다. 산 정상에서 혼자 마시는 술맛은 특별한 맛이다. 안주라고는 고작 건빵이지만 술맛은 아주 기가 막혔다. 특별하게 만끽하는 짜릿한 기분이다.

병째 들이키니 짜릿한 취기가 온몸으로 전해져 왔다. 아무 일만 없었다면…. 불현듯 지난 일들이 떠올랐다. 주위에는 가끔 까마귀가 울어대는 것 이외에는 아무런 인기척도 없었다. 천하의 내가 금융사기를 당하다니 절대 믿어지지 않았다. 아내와 아이들이 얼굴이 스쳐 갔다. 술기운인데도 또 가슴이 울렁거리고 아려왔다. 갑자기 우울해졌다. “인생 뭐 별거냐!” 하늘을 향해 소리쳤다. 이 우울함에서 벗어나고 싶었다. 마지막 한 병은 천천히 마셨다.

‘인생 별거 아닌데… 별거 아닌데….’ 어느 순간 소름이 돋았다. ‘죽어 버리면 그만인 인생인데…’ ‘나는 왜 사는 것인가?’ ‘산다는 것이 무의미한 것이다.’

가족들에게 아무런 도움이 되지 않고 필요 없는 존재. 그저 밥만 축내는 밥벌레 같았다. 아무런 존재 이유가 없었다. 죽고 싶다는 생각을 들었다. 아니 진짜 죽어야 한다고 생각했다. 눈물이 흘러나왔다. 가방 속을 뒤졌다. 볼펜이 없었다. 항상 가방 속에 있던 볼펜이 오늘따라 없었다. 그냥 죽기에는 너무 억울하다는 생각이 들었다. 뭔가 흔적이라도 남기고 싶었다. 눈물과 콧물이 범벅이 되어 앞을 가렸다.

바위에 글이라도 새기고 싶었다. ‘인생 더럽다.’ 남은 술을 마저 마셨다.

신발을 벗어 가지런히 놓았다. 바위 위로 올라섰다. 취해 있었지만, 정신은 멀쩡했다. 이를 깨물었다. 낭떠러지 아래 비탈에는 앙상한 나뭇가지들이 양탄자처럼 짝 들어서 있었다. 여기서 뛰어내린다 해도 나뭇가지들이 받쳐줄 것만 같았다.

죽을 수 있을까? 내가 죽으면 원점으로 돌아갈까?

'그래 여기서 뛰어내리면 된다.' '그래 순간이다.'

짧은 순간이지만 별의별 생각들이 들었다.

어느새 머리 위로 까마귀 몇 마리가 빙빙 돌며 울어대고 있었다. 자꾸 아내와 아이들이 생각났다. 하염없이 눈물이 나왔다. 여행 가기로 했는데….

표시는 안 내지만 나 잘되기만 바라는 아내. 서른 살 가까이 아직 시집갈 생각도 안 하고 있는 사랑스러운 내 아이들…. 그 행복함을 어찌 잊을 수가 있을까. 가끔 돌출 행동을 하는 남편이 크나큰 사고를 저질렀다는 비보를 알게 된다면 얼마나 안타까움에 괴로워할까. 그래도 차라리 없어져 줘야 짐을 덜 수 있지 않겠는가. 술기운 탓이겠지만 이미 바위에 올라서니 마음 속에 불안감도 많이 사라졌다.

마음 한쪽에는 '어서 뛰어내려' '뭘 생각하는 거야' '앞으로 어떻게 살아갈 거야' '그 원망과 질시를 네가 참아낼 수 있겠어.'

또 한쪽에선 순간순간 지난날들이 스쳐 지나갔다. 나름으로 열심히 산다고 산 인생, 내세울 건 없지만, 지금까지 평범하게 버텨왔다.

'여보 애들하고 잘 살아.' '친구들 잘 있어라.' 찰라, 뛰어내리면 그만인데, 미련이 남는 걸까 누군가가 나를 잡아줬으면 좋을 것 같았다. '너 왜 거기 그러고 있는 거냐? 또 열심히 살다

보면 좋은 일이 생길 거야.' 그런 말이 몹시 그리웠다. 아내와 아이들의 말을 갈구했다. 그런 친구들이 몹시 그리웠다.

'내가 죽으면 나를 위해 슬퍼해 줄 사람이 있을까? 서서히 기억 속에서 사라져가겠지. 아닐 거야 나를 위해 슬퍼해 줄 사람은 분명 있을 거야.'

급하게 꺾어진 경사각 쪽으로 더 가까이 다가갔다. '일순간 뛰어내리면 끝나는 거야.' 어서 뛰어내려서 끝장을 보라는 유혹과 갈등이 일순간 스쳐 갔다. '내가 죽으면 보험금은 나올까.' '너는 또 죄를 짓는 거야' '넌 스스로 목숨을 끊는 거야' '그 나쁜 꼬리표를 달고 가는 거야' '아직 환갑도 안됐잖아' '벌써 죽으면 산 사람들에게 상처를 줄 거야' '세월이 아깝지 않아?' '억울하잖아. 그렇게 죽으려면 그런 각오로 살아봐' '혹시 알아? 너한테도 기적이 일어날지?'

죽음과 삶 사이에 갈등이 생겼다. 수만 가지 생각이 찰라적으로 스쳐 갔다. 까마귀들이 가까이 와서 주변을 맴돌았다. 눈을 감았다. 아내와 아이들의 얼굴이 클로즈업되는 순간 뭔가 강하게 머리를 때리는 것 같았다. 정신을 잃었다.

이렇게 나는 죽었다. 이렇게 내 생이 끝날 줄 알았다. 한참만에 눈이 떠졌다. 나는 바위틈에 누워있었다. 꿈인지 생시인지 차츰 내가 살아있는 것 같았다. 멍한 상태로 희미하게 정신이 들었다. 왼쪽 어깨에서 피물이 만져졌다. 무언가에 찔린 것 같다. 아프다는 것도 통증도 아무 느낌이 없었다. 분명 의식은 있는데 꿈속인 것 같기도 했다. 앙상한 나무들이 저 아래로 보였다. 바위가 한쪽 하늘을 가리고 있었다. 나는 낭떠러지 바로 아래 작은 공간에 안착하여 있었다. 위에서 보기에는 살짝 돌출된 곳이었다. 무의식중에 그곳으로 뛰어 내린 것 같다. 그곳은 아주 작은 틔어 나온 공간이었다. 살기 위해 그곳으로 뛰어 내린 것인지도 모른다.

의식과 무의식의 경계를 모호하게 들어갔다 나온 듯하다. 죽음의 변명인지 죽을 용기조차 없는 것인지. 죽지 못함이 분한 건지 살아 있음이 다행인 건지 분간이 안 갔다. 아직 취한 상태였지만 허둥지둥 서둘러 다시 탈출구를 찾았다. 사는 방법을 찾는 것이다. 이러다가는 다시 떨어져 죽을 수도 있을 것 같았다.

정신을 가다듬었다. 왼쪽손이 움직여지지 않았다. 통증은 없었다. 술이 깰 때까지 기다렸다. 깜박 잠이 들었다가 일어났다. 정말 나는 살아 있었다. 왼쪽 손과 어깨, 엉덩이가 몹시 아팠다. 아래로 내려가는 거보다는 위로 다시 올라가는 편이 좋겠다는 판단이 섰다. 한손으로 곡예를 하듯 바위 옆으로 돌아서 간신히 다시 위로 올라왔다. 긴장이 풀렸다. 아직 술이 덜 깼다. 술이 완전히 깨면 내려가야지 했다. 그렇게 나는 산꼭대기에서 지쳐 피범벅이 된 채 또 잠이 들어버렸다. 꿈인지 누군가가 부르는 것 같았다. 눈을 떴다. 정신이 멍한 상태로 여기가 어딘가? 내 집 소파인 줄 알았다. 한참 만에 정신이 돌아왔다.

"아저씨! 죽은 줄 알았네요!"

시커먼 낯선 사람이 내 앞에서 말을 걸어왔다. 중년으로 보이는 등산객이었다. 지나던 길에 사람이 죽어 있는 줄 알고 들어다본 것이란다. 신발과 가방, 술병이 있어 제대로 죽음 연출이 되었다.

"여기가 어딥니까?" 내가 묻자 "어서 같이 내려갑시다!" 하며 가방을 챙겨주고 부추겨 세워주었다. 그는 이미 사태를 알아차렸다. 나도 정신이 들었다. 순간 한기가 몰려왔다. 군데군데 핏물이 딱지처럼 떨어졌다. 피멍이 든 곳이 몹시 아팠다. 날은 벌써 어두워지기 시작했다. 주섬주섬 그를 따라나섰다.

"인생 뭐 별거 없습니다. 다 소용없어요. 다 내려놓고 욕 안 먹고 사는 거지요."

그가 중얼거리듯 말했다. 나는 말없이 그를 따라 내려왔다. 먼저 병원으로 가자는 것을 나는 먼저 집으로 간다고 우겼다. 원룸까지 데려다 주었다.

"좀 쉬었다가 병원에 가보세요?"

참 고마운 사람이었다. 나는 고맙다는 말도 제대로 못 했다. 집으로 돌아왔지만 먼 터널을 통과한 것 같은 착각이 들었다. 나는 이렇게 나를 죽이지 못하고 살아났다.

상처 난 곳의 아픔도 배고픔도 느끼지 못한 체 또 잠들어 버렸다. 저세상에 계신 할머니 아버지 어머니가 웃고 계셨다. 최근에 가신 형님도 보였다. 왠지 심각한 얼굴이었다. 아주 어렸을 때 시골집 마당에 가족들이 모여 있는 모습이 영화처럼 오버랩되어 나타났다. 꿈이었지만 그리운 가족을 만났다. 성질 급하신 아버지가 꾸짖는 듯 한목소리에 잠에서 깼다. 온몸이 너무 아팠다. 인근 병원에서 주사와 처방전을 받았다.

그렇게 또 시간이 흘러갔다. 오랜만에 핸드폰에서 세상 돌아가는 것에 집중했다. 뭔가 하고 싶었다. 인터넷 서점에서 책을 주문했다. 이틀 만에 금방 배달이 왔다. 책 읽기에 매달렸다. 간혹 신간도 읽었지만 거의 중고 책을 주문했다. 제목과 목차만 보고 읽고 싶은 책은 권수에 상관없이 주문해서 읽었다. 이렇게 짧은 기간에 책을 많이 읽은 것은 태어나서 처음이다.

"세상을 살아가면서 어려운 일이와도 견뎌내고 꿈을 이루어 낼 힘은 어떻게 얻어지는 것일까? 답은 간단하다. 지금보다 더 힘든 상황에 부닥치지 않았음을 감사하는 것이다. 그러면 용기를 얻게 된다. 어둠의 터널을 아직 들어가 보지 않고서는 내가 가장 힘들다고 말할 자격이 없다. 다만. 힘들다고 느낄 뿐이다. 그러나 나는 힘들다고 느끼고 있는 그대들을 응원한다. 지금 힘들다고 느끼고 있다면 포기하지 않고 인생을 경주하고 있다면 잘하고 있는 것이다. 그것이 비록 도전이 아니더라도 지금 괴로울 만큼 힘들다면 잘하고 있는 것이다. 절망과 한숨이 희망과 경탄으로 바뀌는 것. 그것이 삶의 드라마다. 지금 힘들다면 잘하고 있는 것이다." 전옥표 박사는 『지금 힘들다면 잘하고 있는 것이다』에서 이렇게 말했다. 꼭 나를 두고 하는 말 같다.

맹자는 말했다. "하늘이 장차 사람에게 큰일을 맡기려 할 때는 반드시 먼저 그 마음과 뜻을 괴롭히고, 뼈마디가 꺾어지는 고난을 겪게 하며 몸을 굶주리게 하고, 생활은 빈궁에 빠뜨려 하는 일마다 어지럽게 하느리라, 이 이유는 그의 마음을 두들겨 참을성을 길러 주어 지금까지 할 수 없었던 어떤 사명도 감당할 수 있게 하기 위함이니라."

나는 내 운명이 나를 시험하기 위하여 이런 곤경에 빠지게 했다고 자위한다. 한계점에 도달했다. 더 이상 떨어질 때도 없다. 바닥에 떨어진 현실 앞에서 나 자신을 뛰어넘어 보고자 했다. 인터넷을 보다가 곤경을 딛고 일어선 사람들의 성공담에 대한 글이 있어 옮겨본다.

우유 배달하던 신격호는 롯데그룹의 창업자가 되었다.

병아리 10마리로 시작한 김홍국은 닭고기 판매 1위 업체인 하림의 창업자가 되었다.

동네 과외방 교사 강여중은 대교 그룹 창업자가 되었다.

경찰의 지명수배를 피해 전국을 떠돌던 김광석은 참존화장품 창업자가 되었다.

실직자였던 김양평은 세계 최대, 최고의 코팅기 제조회사 GMF의 창업자가 되었다.

막노동꾼 김철호는 기아자동차 창업자가 되었다.

수세미 영업사원 이장우는 한국3M 사장이 되었다.

상업고등학교와 야간대학을 졸업한 조은호는 웅진식품 사장이 되었다.

지방대 농과대학을 졸업한 허태학은 에버랜드와 신라호텔 사장이 되었다.

한강 둔치에서 3년 가까이 노숙자 생활을 했던 신충식은 칫솔 살균기 분야 세계 1위인 에인시아를 세웠다.

유서 한 장 품고 해결사에게 쫓기면서 전국을 떠돌던 김철윤은 가맹점만 580개가 넘는 해리 코리아 사장이 되었다.

근무력증으로 5년 가까이 침대에 누워 살던 박성수는 이랜드 그룹을 세웠다.

그리고,

시골 중학교 때부터 술, 담배, 패싸움 등 문제만 일삼던 아이… 실업계 고교 최초로 도전 골든벨을 울리고 연세대와 골드만삭스, 73개 꿈 실현하며 세계 100여 국 여행, 내는 책마다 베스트셀러 작가 명강사로 활동중인 김수영.

"왜 나만 이렇게 힘든 거지?"라고 살았다.

꿈을 향해 걸어가고 있는 사람에게는 시시한 현실 따위는 보이지 않는다고 한다. 지금의 삶에 감사하며 꿈을 위해 걸어가 보자.

나를 죽이지 못한 건 아직 내 차례가 안 왔기 때문이다.

이제야 내 차례가 왔다.

죽을 각오로 살기 위한.

반갑지 않은 손님이 찾아왔다

사건이 발생 후 몇 달간은 정말 견디기 힘든 시간이었다. 금융사기를 당했다는 자괴감에 멘붕 상태로 총 맞은 것처럼 뻥 뚫린 가슴을 어찌할 수 없었다. 갑자기 닥친 대출 이자와 원금 상환에 대한 현실적인 압박감이 힘들게 했다. 하루라도 연체가 되면 전화와 문자폭탄이 쏟아졌다. 일시적으로 카드 돌려막기로 대처했다. 돌려막기도 몇 번이지, 빚은 계속 늘어만 갔다. 이 중에는 대부금도 있었다. 대부는 하루라도 밀리는 날이면 어김없이 높은 연체 이자가 따라붙었다. 그래서 사람들이 대부금을 무서워한다고 생각하게 되었다. 어떻게 해서라도 대부금을 먼저 해결하고 싶었다. 아내에게 자초지종을 말하고 도움을 받으면 바로 해결될 수 있을 것이었다. 그러나 이런 나의 사정을 말할 수 없었다. 일차적으로나 이차적으로나 내 스스로가 해결을 하고 싶었다. 그것을 아내에게 절대 말할 수 없었다.

그러나 혼자의 힘으로는 희망이 없어 보였다. 차라리 모든 것을 여기서 끝내버리고 싶은 심정이었다. 마치 끝이 보이지 않는 캄캄한 터널을 혼자서 걷고 있는 듯했다. 이 사기를 당한 충격으로 가슴이 조여 오는 심한 통증을 견딜 수가 없었다. 어떤 날은 심장이 뛰고 가슴이 답답하여 숨을 쉴 수가 없을 정도였다. 119에 전화를 할까도 생각했다. 이러다 가도 괜찮아지겠지 했다. 그러나 시간이 지날수록 증상은 심해졌다. 이렇게 지내다가는 정말 죽을 것 같았다. 종합병원에 전화했다.

"병원이죠? 예약하려고 하는데요."

"네 어디가 불편하신가요?"

"가끔 숨을 쉴 수 없을 정도로 답답합니다."

"소화기 내과로 예약해 드릴까요?"

"최근에 가슴이 답답해서 죽을 것 같았습니다."

"아 그럼, 정신과로 예약해 드릴게요. 상담 한번 받아 보세요."

예약했다. 정신과 상담이다. 살다가 정신과 상담을 받아보기는 또 처음이다. 예전 같으면 정신질환자들이 가는 것이어서 부정적인 시각이 지배적이었다.

예약된 날짜에 시간을 맞춰 병원을 방문했다. 정신건강의학과 진료실 앞에는 꽤 많은 사람으로 붐볐다. 안내 데스크에 접수했다. 간호사가 혈압을 체크하고 문진표를 주었다. 문진표에는 열 가지 정도로 간단한 질문 내용이 기록되어 있었다. 평상시대로 자연스럽게 답하라고 쓰여 있었다. 그중에 이런 질문도 있었다.

"내 생각을 누가 지켜보는 것 같다."

"주변의 사소한 것에 이상 반응을 보일 때가 있다."

"죽음에 대한 생각을 한 적이 있다."

예, 아니요. 해당하는 곳에 체크하면 되었다. 처음 방문자들의 증상을 판단하기 위한 간단한 질문표였다.

의사 선생님과 상담이 이루어졌다. 문진표를 내밀고 인사를 했다. 첫인상은 아주 인자하게 보였고 나와 비슷한 연배인 것 같았다. 의사는 이미 다 알고 있다는 듯이 반갑게 인사를 했다. "잘 오셨습니다." 그리고 먼저 질문을 했다.

최근에 일어난 일 한 가지만 말하라고 했다. 나는 있는 사실 그대로 금융사기를 당했다고 다소 소상히 말을 했다. 그는 잠시 아무 말을 않더니 '참 힘들 것'이라고 했다. 그러면서 "일시적으로 오는 증상일 수 있다"라고 했다. 그는 또 "누구나 그렇게 당할 수 있다"라고 위로를 해 주었다. 그에게도 하루에 수십 건의 광고 문자 또는 스팸 전화가 온다고도 했다.

누구나 어떤 상황에 놓이게 되면 거기에 집중하게 되고 그때는 그것이 옳은 것이라 판단을 해 다른 것은 눈에 들어오지 않는다고 했다. 나도 아마 그랬을 것이라고 했다. 우울증 그리고 공황장애에 대하여 그는 다소 많은 시간을 나만을 위한 상담시간을 가져 주었다. 중요한 것은 병도 치료도 내 자신 안에 모든 것이 있기 때문에 나 자신을 잘 다스려야 한다는 것이다. 자책감, 자괴감, 가기혐오, 화냄, 수치감, 좌절감, 우울감, 연민, 무력감, 분노 등 모든 부정적 감정 들을 본인 스스로가 만드는 것이기 때문에 병이 생기고 힘들어하는 것이다. 나도 그랬다. 왜 더 냉정하지 못했을까. 왜 그를 믿어 버렸을까. 자괴감이 자책감이 되고 죄책감으로 변했다. 내가 도대체 뭘 잘못한 걸까. 내가 잘못했다는 믿음이 나를 지배했다.

선생님은 나를 옭아매고 있는 근본적인 것에 대해 그대로로 인정하고 받아들이는 것이 필요하다고 했다. 그것은 내가 나에게 긍정적인 말과 행동으로 위로를 해주고 내 자신을 믿고 다시 시작해 보는 것이다. 그는 또 링컨, 처칠, 베토벤, 오프라 윈프리 등도 우울증을 이겨내고 세계적으로 존경받는 인물이 되었다고 했다. 그는 진정으로 나를 위로해 주는 것 같았다. 때로는 숨 쉴 수 없을 것 같은 답답함을 알아주고 위로해 주는 사람, 나의 아픈 마음을 알아봐 주고 진심 어리게 위로를 해 주는 사람, 팔에 소름이 돋았다. 닭살처럼… 눈물이 핑 돌았다. 역시 그는 정신과 의사다웠다. 벌써 아무렇지도 않은 듯 기분이 좋았다. 나는 병원에 참 잘 왔다고 생각했다. 몸이 아플 때 병원을 찾는 것은 당연하듯이 마음이 지치고 힘들 때, 누구에게도 털어놓지 못한 사연이 있을 때 '정신건강의학과' 방문은 가뭄에 단비와 같았다.

나는 그 의사 선생님을 보고 그 병원의 수준을 가늠할 수 있었다. A+

다음 주에 다시 오라며 처방전을 줬다. 의사는 또 충분히 휴식을 취하고 유튜브에서 명상이나 책 읽기, 좋은 말씀, 좋은 노래를 들으라고 권고해 주었다. 그는 또 과거 일을 되돌아보지 말고 앞으로는 좋은 일만을 있을 것이라는 생각을 하라고 말했다. 유튜브에는 명상과 좋은 글들이 수없이 많았다. 나는 이어폰을 귀에 끼고 시간이 날 때마다 좋은 명상을 들었다. 또 옛날에 좋아했던 팝송도 즐겨 들었다. 흘러간 팝송은 들으면 들을수록 좋았다.

나는 숙소에서 휴대폰으로 관련된 단어들을 검색해 보았다. 나와 같은 증상을 그냥 방치하게 되면 '우울증' '공황장애' '대인 기피증' 등이 온다고 내용이 많았다. 우울증은 우울감, 의욕 저하 외에 수면장애, 집중력 저하, 무가치감, 불안 등 여러 증상을 동반한다고 한다. 또 공황장애는 심장이 심하게 뛰거나 답답하고, 너무나 공포스럽고 숨이 막히는 상태가 온다거나 땀이 나고 아무것도 할 수 없으며 어지럽거나 현기증이 심하게 온다고 한다. 마음의 병은 신체의 병과는 달리 빈부 격차, 교육 수준, 경쟁의 강도, 정신적인 충격 등 다양한 사회 · 구조적인 요인들의 영향을 많이 받는단다. 세계 각국의 정신 건강 전문가들은 심리 상담을 비롯하여 명상, 레저 프로그램 등 사람들의 마음을 정서적으로 치유할 수 있는 커뮤니티 중심의 치료를 강조하고 있다.

연구에 따르면 밝은 빛은 우울, 불안, 정서장애, 치매 등을 완화하고 수면과 체내시계의 리듬 조절을 돕는다고 한다. 또 아침 시간의 빛을 받는 것이 저녁 시간의 빛을 받는 것보다 우울증 완화에 효과적이다. 침실에 동쪽 창이 있어 아침햇살을 받는 우울증 환자는 주목할 만한 회복력을 보였다고 한다.

나는 또 의사 선생님이 말한 우울증을 이겨낸 사람들을 검색해 보았다. 좋은 내용이라 여기에 옮겨본다.

"아브라함 링컨은 아버지의 폭언과 폭력, 아내와의 갈등, 자식을 먼저 떠나보낸 큰 충격, 정치인으로서의 큰 실패감, 생존 의지와 종교적 믿음으로 우울감 승화…. 불우한 어린 시절의 기억과 어머니와 아이들 그리고 첫사랑의 죽음, 아버지와 아내와의 갈등, 정치적 좌절 등으로 링컨의 우울증은 점점 더 깊어졌다. 하지만 링컨은 자신의 우울증으로 고통받는 대신 독서와 시 낭송 등 다양한 방법으로 우울증을 이겨내고자 노력했다. 그는 생존해야 하는 의지와 공적인 의무감을 깨달았으며, 우울증을 종교적 믿음과 신념, 유머로 승화하며 미국에서 가장 사랑받는 대통령이 되었다.

윈스턴 처칠은 외모 콤플렉스, 학우의 따돌림, 저조한 학업

성적, 만성 우울증의 괴로움을 유머 감각으로 승화…. 160cm 정도의 왜소한 체구에 보잘것없는 외모로 늘 콤플렉스에 시달렸지만, 그는 다독으로 다져진 위트와 유머 감각으로 자신의 콤플렉스조차 유머 소재로 이용하는 여유와 느긋함을 갖게 되었다.

어렸을 때는 학우들의 따돌림과 저조한 학교 성적으로 괴로워했고, 전쟁에 특파원으로 파견되었다가 포로로 잡히는 등 삶이 순탄치 않아 "나는 평생 검은 개 한 마리와 살아왔다."라고 말하기도 했다. 여기서 검은 개 한 마리는 '만성우울증'을 의미하는데, 그러함에도 불구하고 위대한 리더십으로 2차 세계대전에서 존망의 갈림길에 빠진 영국을 승리로 이끈 평화의 수호자로 평가받고 있다.

루드비히 판 베토벤은 알코올중독 아버지의 폭력, 짝사랑의 실패, 청력 소실, 음악의 성인(聖人)이자 악성(樂聖)…. 어릴 적부터 가족의 생계를 책임지고, 알코올중독 아버지의 매질 속에서, 우울한 시절을 보낸 베토벤은 실연과 짝사랑의 수치까지 겪어야 했다. 병적인 변덕을 부리고, 각종 기행을 일삼으며, 작은 일에도 미친 듯이 화를 내고, 걸핏하면 자살하겠다고 말하는 등 평소 모습에서 그가 정신병적인 증후를 늘 달고 살았다고 해도 과언이 아닐 정도이다. 특히 음악가로서의 청력 상실은 그를 더 비참한 상황으로 내몰았다. 그렇지만 이런 신체 정신적 고난 속에서도 천재 작곡가로서의 역량을 발휘하며 뛰어난 작품을 남겼다. 베토벤의 9번 교향곡의 원본 악보는 유네스코에 의해 세계유산으로 지정되기도 했다.

또 오프라 윈프리는 성폭행 피해자, 마약 중독, 비만, 미국 최고의 토크쇼 여왕…. 오프라 윈프리는 가난한 미혼모의 딸로 태어나 할머니 손에서 자랐으며, 삼촌에게 성폭행을 당해 14세에 출산과 동시에 미혼모가 되었다. 아기는 2주 만에 죽게 되었고, 그 충격으로 마약에 손을 대고, 169cm의 키에 100kg이 넘게 살이 찌는 등 자신을 점점 돌보지 않게 되었다. 하지만, 그녀는 자신을 무너뜨리려 했던 수많은 고난을 이겨냈고, 미국에서 가장 큰 영향력을 발휘한 인물 100명에 선정되기도 했다. 그녀는 현재의 행복한 삶을 이루게 된 비결로 '독서'와 '감사일기'를 꼽았다. 독서를 통해 꿈을 발견했고 미래를 바라볼 수 있었다고 밝히며, 매일매일 감사일기를 통해 감사하는 연습을 했더니 모든 것을 얻을 수 있었다고 전하기도 했다."

[출처] 구글 검색 https://www.hidoc.co.kr 하이닥

나도 이들처럼 이겨낼 수 있을까? 마음의 병을 경험한 사람들은 그렇지 않은 사람들보다 감성적 영역을 넘나들어 남다른 열정과 에너지를 발휘할 수 있는 잠재력을 가지고 있다고 한다. 나 자신의 싸움에서 이기는 것이 이런 것일 것이다. 그래서

반드시 도움이 필요하다. 주변에서 관심을 갖고 배려를 한다면 분명하게 회복될 수 있다고 생각한다.

그 후 매주 다시 정신의학과를 찾아 선생님의 진료 상담을 받았다. 여전히 친절하고 오래된 친구처럼 편안하게 대해 주었다. 그는 좋은 명상을 계속 보고 좋은 생각을 하라고 했다. 또 적당한 운동도 필수적으로 해야 한다고 했다. 그러다 보면 자신도 모르게 변화가 있을 것이란다. 나는 거의 매일 이 두 가지는 하려고 노력하고 있다. 이미 가슴이 답답하고 숨이 막히는 증상은 없어졌다. 그러나 아직도 처음 만난 사람이나 만날 사람은 부담스럽다.

3장

불가능하다고 말하지 않기

살기 연습, 나무에게 배우다

내일이면 일터로 나가야 한다. 하지만 아무 의욕이 없는 것은 마찬가지다. 초점 잃은 시선으로 일이 계속 반복 되었다. 죽을 용기도 없이 술기운에 의지한 놈이 이렇게 살면 또 무슨 의미가 있단 말인가?

대출처에서는 문자가 계속 날아왔다. 대출 이자를 납부하라는 메시지다. 현재 월급에서 분배하는 데는 한계가 있었다. 이대로 가면 나는 신용불량자에 최악의 상태가 되는 것은 불 보듯 하다. 뭔가 또 일을 저질러야 할 판이었다.

한동안 아무 아이디어도 떠오르지 않았다. 매니저에게 당분간 단순 업무를 하게 해달라고 말해 놓은 상태다. 생각을 정리하고 앞으로 일을 찾아보기 위해서는 복잡한 업무를 할 수 없었다. 어떻게 한단 말인가? 도무지 방법이 떠오르지 않았다.

이렇게 또 의미 없는 시간이 흘러갔다. 그러던 어느 쉬는 날 또 전에 올라갔던 산으로 향했다. 이번에는 아무것도 없이 그냥 빈 몸으로 갔다. 전에 올라갔던 바위 위에 다시 올라 보았다. 멀리 시가지의 건물들이 생소하게 보였다. 나처럼 여러 인간 군상들이 자신의 욕망을 위해 일하고 있을 것이다.

바위 아래를 내려다보았다. 앙상한 나뭇가지들이 추운 겨울을 이겨내고 하늘을 향해 쭈뼛쭈뼛 서 있는 것은 영락없이 외로운 내 신세와 같았다. 아니 나무들은 머지않아 봄이 오리라는 것을 알고 푸르고 풍성한 날을 이를 악물고 기다리고 있는지도 모른다.

'여기서 제대로 뛰어내렸다면 지금은 저 세상에 있겠지? 나는 아직 이렇게 살아있어 괴로운데…, 다시 죽어야 할까? 산이 아니면 교통사고를 택할까? 차 안에서 번개탄을 켜놓고 잠들어 버릴까?' 머릿속에는 죽음에 대한 것들이 문진표처럼 가득 차 있었다.

내가 떨어진 장소를 보았다. 보기만 해도 아찔한 낭떠러지이지만 살짝 옆으로 비낀다면 기가 막히게 걸리게 되어 있었다. 나처럼 생각을 많이 하고 극단적인 선택을 한 사람을 위하여 누군가 일부러 만들어 놓은 삶의 장소 같았다. 아니 솔직히 내 의식 속에는 애초에 죽을 생각이 없었는지도 모른다.

나는 오늘 여기에 왜 또 온 걸까? 답을 찾지 못했다. 하산길은 돌아서 바위 아래쪽으로 내려왔다. 작은 오솔길이 나 있었다. 저 위 바위를 쳐다보았다. 내가 만약 저 위에서 뛰어내렸다면 나의 죽은 몸은 이 외진 산등성이의 나무 틈 사이에서 길을 지나는 누군가에 의해 발견됐을 것이다.

섬뜩했다. 지금 살아있는 나처럼 나무들도 그 숱한 비바람과 혹한기의 질곡을 이겨내고 따뜻한 바람결에 곧 새싹을 돋아나게 할 준비를 할 것이다. 나무들은 서로 부딪히고 꺾이며 상처가 나지만 죽지 않는 그 생명력을 만들어내는 비법을 알고 있다. 그러나 지치고 병 들어서 이겨내지 못한 나무들은 고목이 되었다. 나무에도 배움이 있다. 하산 길에 많은 생각이 머리를 짓눌렀다. 나무도 잘 사는데….

모진 비바람을 견뎌내고 따뜻한 봄을 기다려 싹을 틔우듯이 나무는 다시 시작할 줄 안다. 집의 창가에 있는 나무들도 TV 옆에 있는 작은 화분의 꽃들도 아무 일도 없이 잘 자란다. 그리고 꽃으로 피어나서 우리가족들에게 아름다움과 좋은 향기를 내어 준다. 나는 이 나무나 꽃들보다 못하단 말인가.

한없이 약해진 마음에 예전 같으면 화분의 꽃보다 못한 내 자신을 탓하고 자책했을지도 모른다. 하찮은 식물에 비유되는 나 자신이 얼마나 현실과 동떨어져 있는지 새삼 생각하게 된다. 그랬다. 죽음과 삶의 선택은 한 순간이지만 나무처럼 꽃들처럼 그 강인한 생명으로 지금 이 순간을 소중하게 여기고 사는 연습을 하는 거다. 사람들은 이 평범한 진리를 평생 이어가며 사는 거다. "나를 죽이지 못한 고통은 나를 더 강하게 만든다." 니체의 말처럼….

나는 자기최면을 걸었다. '나무처럼 살아보자.' '나는 성공한다.' '나는 할 수 있다.' '나는 해내고야 만다.' '나는 성취인이다.' 방안에 누워서도 일을 하는 도중에도 매일 이렇게 수십 번을 되뇌었다. 다시 해 보는 거다. 죽을 생각까지 했는데 무슨 일인 듯 못 하겠는가?

먼저 목표를 정했다. 다음 목표 달성을 위하여 마음부터 다짐했다. 모든 것이 욕심에서 비롯된 줄도 모르고 살았다. 난 참 바보처럼 살았다. 모두 마음먹기에 달려있다. 그래 모두 비우고 다시 시작하자. 마음부터 고쳐보자. 뭘 그리 아등바등 살아가는가? 어차피 한 번 살다 가는 인생이다. 죽을 수 없다는 것은 아직 이승에서 할 일들이 많다는 증거가 아니겠는가?

너무 서두르지 않기로 했다. 그리고 가족이 있는 집으로 다시 들어가기로 마음먹었다. 먹구름이 걷히고 한 줄기 빛이 보이는 듯했다.

나는 갚아야 할 빚이 있다. 내 가게를 담보로 제공해 주고 후배 사기사건으로 떠안게 된 빚 2억 원, 주택 대출금 2억 원, 그리고 최근 금융사기 사건과 관련하여 대출금 1억 원 이렇게 5억 원의 빚을 졌다. 이것들 중, 금융사기를 당해 진 빚을 가장 먼저 해결하고 싶다. 이유는 치욕처럼 머릿속에서 맴 돌아 빨리 해결하지 않고는 계속 그 속에서 힘들어 할 수 있기 때문이다. 그래서 '1억 원 모으기'로 목표를 정했다. 그래야 홀가분하게 다른 일도 술술 풀릴 것 같다.

목표가 정해졌으니 부딪혀 보는 거다. 1억 정도는 장시간이 아니어도 머리를 잘 쓰면 해결할 수 있을 것 같다는 생각을 했다. 1억, 단순계산식으로 1만 명에게 1만 원씩 이윤을 낼 수는 없는 일이다. 50%가 이윤이라도 최소 2만 명을 확보해야 목표달성이다.

2만 명, 적지 않는 수이다. 그래 2만 명이 목표다. 2만 명에 대한 구체적인 계획을 세우고 진행하는 것으로 정했다.

행동하지 않으면 아무것도 이루어지지 않는다

돈을 만들어야 한다는 절박한 상황으로 내몰린 나는 무슨 일이든지 해야 하는 간절함에 지푸라기라도 잡고 싶었다. 뭐부터 해야 할까? 어제 생각했던 다짐들을 다시 되새겨봤다. 일단 1억 원을 만드는 계획을 세워다. 잘나가는 사람들이야 연봉이 1억이니 이억이니 하면서 쉽게 벌수도 있지만 나는 지금 당장 100만 원도 없지 않는가. '1억 만들기 프로젝트' 가능할 수 있을까? 불가능은 없다. 해 보는 거다. 해 보지도 않고 세월만 보낼 수는 없다.

나는 먼저 지난날 들을 돌아보며 가장 잘 할 수 있는 일부터 생각을 해보았다. '홈페이지 만들어주기'는 오래 전부터 관련 서적과 인터넷을 보고 혼자 공부해서 터득한 것이라 처음에는 디자인도 어설프고 전체적으로 어색한 부분이 있었다. 사업하는 친구들이나 지인들 홈페이지를 만들어주면서 나름대로 경험이 쌓여서 그런지 이제는 잘 만든다는 말을 의뢰인에게 듣는다. 특별하게 영업을 하지 않아도 연결고리가 되어서 가끔씩은 큰 건이 들어오는 경우도 있다.

지인들에게 연락을 취했다. 주변에 홈페이지를 만든다면 만들어 주겠다고 했다.

컴퓨터 조립과 수리도 오래전에 배웠던 것이라 잘 할 수 있는 일이다. 아르바이트 형식이라 전문성을 갖고 하는 것이 아니지만 가장 기억에 남은 것은 필리핀에서 있을 때 했던 건이다. 지인이 운영하는 어학원 컴퓨터 120대 전체를 업그레드 하고, 또 일부는 새로 설치하며 고장난 것은 수리하는 일을 맡아서 해결해 준 일이 있었다. 홈페이지와 함께 컴퓨터 판매와 수리를 겸한 사업을 해볼까하고 생각을 해보았지만 여러 여건상 실행하지는 못하고 드물게 의뢰만 받고 있는 실정이다.

한 때 중국 절강성 이우시에 있는 푸텐 시장을 드나들었다. 쇼핑몰 사업을 운영을 위하여 시장조사차 여러 번 방문을 했었다. 중국어는 한마디도 못하고 현지에 지인도 없지만 무작정 도전 했었다. 현지에서 동포가 운영하는 숙소에서 통역을 통하여 거래처를 찾아내고 그래서 찾아낸 아이템이 엽기상품이었다. 판매하는 사이트를 운영했었다. 내가 취급했던 제품은 국내에서 찾아보기 어려운 해골, 똥, 처키인형 같은 제품인데 이런 엽기제품을 응용한 모자, 옷, 소품, 인테리어, 장식품 등 모든 엽기적인 제품을 취급했다. 이 사이트는 국내 최초로 개설되어 애호가들이 생겨나고 비슷한 사이트들이 우후죽순으로 생겪나기도 했다. 이 사업은 내가 필리핀 사업을 하게 되면서 아쉽게 접어야만 했다.

영화의 신비함은 내가 어렸을 때부터 접해왔던 일이라 가장 자연스러운 일이다. 영화의 제작현장에서 막내로 시작해서 연출공부를 했지만 언저리에 있을 뿐 입봉하지 못했다. 좋아하는 것으로 살아남기 위하여 영화관에서 영사기를 돌렸다. 영화를 원 없이 보고 돈도 벌기 위해서였다. 그리하여 영화상영 대행사를 차려 이 일에 전념하기도 했다.

이 일은 크게 세 가지 분류로 나눈다. 각종 영화제에서 협력업체로 등록하고 영화 상영을 대행하는 일과 관공서나 대학교 대형 강당을 임대하여 정기적으로 영화를 상영하는 것과 관공서나 기업체에서 수시로 시행하는 행사를 의뢰 받아서 영화상영을 대행해 주는 일이다. 이 일은 매달 또는 정기적으로 모임을 하는 중앙○○ 이라는 단체가 있었다. 나는 이 단체와 계약으로 세종대 대양홀에서 매달 한번 씩 영화를 상영했다. 이런 일들은 영사기나 스피커 등 각종 장비를 동원하여 관객들의 눈높이에 맞춰야하기 때문에 초기 자본금이 많이 들어갔다. 그래도 연간 장기로 계약하기 때문에 이익이 된다. 이런 식으로 장기적 또는 단기적으로 국내의 부천영화제나 예술의 전당, 용평스키장, 세종문화회관 등 대형 영화제나 관공서에서 의뢰를 받아 대행하는 사업을 하기도 했었다. 사건 후 지금은 직업적으로 하지는 않지만 의뢰를 받으면 일의 규모에 따라 지인에게 소개하여 넘긴다거나 현재 하고 있는 일에 무리가 가지 않는 범위 내에서 휴무일을 조정하여 행사를 진행하고 있다.

영화제를 행하는 도시는 그 지역의 특색에 맞게 주제를 정하여 해마다 하는 축제다. 이 행사로 인하여 관광객이 오고 관객수익과 손님들이 쓰는 비용으로 지역주민들은 더불어 살아가는 것이다. 또 정기적인 영화제가 아니라도 주민들을 위한 복지차원에서 문화행사를 하는 경우도 있다. 최근에 인천 연수구에서 행했던 '코로나19로 지친 주민들을 위한 자동차영화제'가 그것이다. 밤에 집 근처 공원에서 즐기는 자동차영화관은 낭만 있어 좋다. 대형스크린을 보며 사랑하는 사람과 차안에서 FM 라디오로 즐기는 자유로움은 잊지 못할 추억거리다. 나는 이런 행사를 맡아서 진행한다. 예전에 이 일을 업으로 했을 때는 전국을 다니느라 너무 바쁘게 보냈다. 행사가 여러 개 겹칠 때는 관련 기술자를 섭외해서 맡겨놓고 이곳저곳으로 다녀야 했기 때문이다.

최근에는 여러 가지 여건들을 고려하여 내가 사는 서울과 활동반경이 가까운 곳에서만 선별하여 일하는 편이었다. 돈이 필요한 현재는 활동반경을 예전처럼 전국으로 넓혔다. 이렇게 한건 한건을 성공적으로 마무리하면 수입도 괜찮다. 그러나 현재는 코로나19로 인하여 일감이 거의 없이 줄어들었다. 이중고를 겪고 있는 셈이다. 그래서 지금은 야간에 하는 물류센터 일이 주업이고 영화 관련 일은 부업 정도 되는 후순위로 밀려 난 지 오래다. 그래도 한 번씩 일을 하고나면 그 성취감은 이루 말할 수 없이 크다. 그에 따른 수입은 큰 보탬이 된다. 얼마 전에는 강원도 평창에 다녀왔다. 평창동계올림픽이 끝나고 그 열기를 여름철에도 계속 이어가기 위하여 평창군이 '평창국제평화영화제'를 신설했다. 시작한지 얼마 되지 않았지만, 소박하고 그 내용은 알토란 같이 속이 꽉 찬 영화제다.

홈페이지를 만들어 달라는 연락이 왔다. 지인 소개를 받았다고 했다. 잘 만들어 주면 협력업체도 소개해준다고 했다. 소개를 받아 몇 개를 만들었다. 그중의 하나가 최근에 만든 신개념 샤워기 센수 홈페이지(http://www.sunsu.co.kr)다.

여러 종류의 일을 해 보았지만, 하루에 여러 가지 일을 동시에 한다는 것은 쉬운 일이 아니다. 한 가지 업종의 일에 집중해도 체력이 떨어지는 판에 내게 닥친 현실은 너무나 압박감으로 다가왔다. 빚 독촉의 절박함이었다. 이렇게 나의 1억 모으기는 이어가고 있다. 금융사기만 당하지 않았다면 보다 여유로운 삶이 이어지고 있을 텐데….

"피할 수 없으면 즐기라"는 말이 있지만, 금융사기도 내 스스로가 꼬임에 빠져 당한 일이라 운명이나 숙명처럼 신이 벌려놓은 일인 양, 착각의 늪에 빠져서 해결하려고 애쓰는 것이 애처롭다. 왜 목표를 정하고, 계획을 세우는지, 왜 문제를 해결하기 위하여 전에 없던 많은 일을 해야 하는지? 왜 나는 이렇게 살아야만 하는지? 나는 내 인생길이 신기하게도 바둑판의 수처럼, 아니 어떤 그림을 그리듯이 미리 짜놓은 각본대로 흘러가는 듯한 착각을 한다.

그러나 때로는 그것이 기적처럼 느껴질 때가 있다. 내가 여러 가지 일을 수입원으로 할 수 있다는 것은 나를 움직이는 체력이 따라주고 환경이 따라주고 또 다른 나의 의지가 따라주며 우주가 응원해 주는 것이라 믿고 있다는 사실이다.

어제는 개발회사를 운영하고 있는 선배가 "함께 일해 보지 않겠느냐"는 제의를 해왔다. 옛날 부동산 시행을 했던 때처럼 열정과 자신감이 있지만, 일에는 한계가 분명이 있다. 몸이 열 개라도 모자랄 지경이다. 깨달음을 얻은 것은 "행동하지 않으면 아무것도 이루어지지 않는다"는 것이다.

택배기사, 행운을 불러오다

택배일도 자본이 필요 없고 나의 현실에 맞는 일들 중에 하나라고 생각하고 덤벼들었다. 돈을 벌기 위해 택배기사 일을 다시 해 보기로 했다. 몇 년 전에 잠시 경험했던 일이다. 그때 생각으로는 잘해서 장기적으로 택배회사 대리점 또는 특정한 지역을 맡아서 책임지는 소장까지도 염두하고 덤벼 든 일이었다. 현재도 내가 처해 있는 절박한 상황에서 어떤 일이든지 할 수 있다는 자신감도 있지만 생소한 일보다는 경험해 봤던 일이 아무래도 쉽게 접근할 수 있고 일도 더 잘할 수 있을 것이라는 생각에서였다. 스스로 정한 '1년 안에 1억을 벌어야겠다'는 목표를 달성하기 위해서는 찬밥 더운밥을 가릴 것 없이 일단 할 수 있는 일부터 시작해 놓고 그 다음을 생각하기로 했다.

나는 회사와 숙소에서 가까운 곳의 택배 대리점을 검색해 보았다. 출퇴근 시간을 줄여서 잠자는 시간을 더 늘려볼 생각이었다. 요즘은 택배기사에 관한 내용이 매스컴에 자주 오르내리면서 사람들의 관심이 커졌다. 관심이 많아졌다는 것은 택배회사들끼리 서로 경쟁을 해야 되고 또 택배기사들도 그만큼 젊고 투철한 서비스 정신이 있는 사람을 선호하게 되어 기사들끼리도 경쟁하는 것이다.

검색 내용을 보면서 이 지역은 언덕길이나 힘들게 걸어 올라가는 높은 계단이 없어 다른 지역에 비해서 배송이 더 유리하지만 지역이 한 곳에 집중되어 있지 않고 넓게 분포되어 있어 배송 시간이 더 오래 걸릴 수도 있겠다는 생각이 들었다. 몇 군데 전화번호를 메모했다.

먼저 숙소와 멀지 않는 곳에 있는 ○○ 택배회사 대리점에 전화했다. 밤에 일하고 낮에 또 일해야 하는 부담감이 있지만 내 머릿속에 벌어지고 있는 해야 된다는 중압감이 긴장감으로 다가왔다. '나는 할 수 있어. 여태까지 나는 수많은 일을 처리해 왔어. 이것도 내 인생의 한 과정에 불과한 거야.' 이것이 내가 가야 할 길이라면 몸이 부서져도 기꺼이 가봐야지. 가만히 앉아만 있다면 그 누가 박씨를 물어다 주겠는가? 나는 내 스스로 할 수 있다는 다짐을 하며 마음을 단단히 먹었다.

"여보세요?"

"○○택배입니다."

"네. 안녕하세요. 소장님 좀 부탁드립니다."

"네. 접니다. 말씀하세요?"

목소리가 젊은 사람이 전화를 받았다.

"네. 제가 택배 일을 하려고 하는데 혹시 사람 구합니까?"

"아니요. 사람 다 찼습니다."

다소 바쁜 듯이 냉정하게 전화를 끊었다. 다른 택배사에 전화를 걸었다.

"택배를 해 본 경험이 있습니까?"

"네. 전에 ○○택배사에서 근무했었습니다."

"한번 나오시겠어요?"

며칠 후 면접 약속을 하고 전화를 끊었다. 친절하다. 숙소에서 조금 멀리 떨어져 있지만 문제될 것은 없었다.

"어떻게 오셨습니까?"

"안녕하세요? 소장님 만나러 왔습니다."

경리직원인 듯한 여성이 맞아주었다. 소박한 사무실이었다. 잠시 후 칸막이 바로 뒤쪽에서 남자가 나왔다.

"안녕하세요? 김오현 씨 인가요?"

"네. 안녕하세요?"

안쪽 티테이블에서 얘기를 했다. 나는 미리 준비해간 이력서를 내밀었다. 한참을 읽어보더니 말을 꺼냈다.

"택배 경력이 얼마 안 되네요?"

"네. 그때는 아르바이트로 잠시 했습니다."

"이 일이 엄청 힘들다는 것은 알고 있지요? 나이가 있으신데 할 수 있겠어요?"

"네. 할 수 있습니다."

"차량은 준비하실 수 있지요?"

"혹시 대리점에서 차량을 지원해 주실 수 있을까요?"

"우리 대리점에는 차량을 지원하지 않고 있습니다."

그것 외에 나는 야간에 일하고 있어서 근무시간을 조정할 수 있나를 질문했다. 소장은 곤란하다는 듯이 말했다. 그 외 택배 물량, 물류센터, 지역 특성 등을 말해 주었다. 그리고 연락을 주겠다고 해서 사무실에서 나왔다.

느낌상 안 될 것 같았다. 연락이 없었다. 그 후 한 곳을 더 알아보았다. 역시 써주지 않았다. 이유가 무엇일까? 언론에 자주 오르내리면서 택배기사에 대한 인식도가 높아져서 젊은 사람들이 대부분 택배기사가 많다. 나같이 나이가 있는 중년들은 쉽게 힘들어하고 말을 잘 안 듣는다는 이유로 선호하지 않는 것이 현실이다. 쉽게 일을 할 수 있을 거란 기대는 무너져 버렸다.

하는 수 없이 전에 근무했던 대리점에서 일할 수 있나 알아보기 위하여 이 소장에게 전화를 했다. 자주 통화를 하는 사이가 아니고 회사와 숙소와도 한 시간 이상 떨어져 있는 서울시내 중심에 있어서 망설여지는 것이 사실이었다. 그래도 나에게 처해있는 현실은 더 일을 할 수밖에 없었다.

옛날 일했던 ○○그룹 소속의 소장에게 전화를 했다.

"안녕하세요? 오랜만입니다. 소장님?"

"아 네. 오랜만입니다. 잘 지내시지요?"

"네. 잘 지내고 있습니다만…."

"어쩐 일입니까? 사무실에 놀러 한번 오십시오."

그는 아직 그 자리에서 그 일을 하고 있었다. 나는 소장과 만나기로 약속을 하고 전화를 끊었다. 밤에도 일하고 낮에 또 힘든 택배 일을 할 수 있을까 걱정도 있었지만 잠을 최대한 줄이고 현재 처해있는 상황을 극복하는 것이 우선이었다.

"하하하. 이거 몇 년 만입니까?"

사무실 문을 열고 들어서자 이 소장이 크게 웃으면서 반갑게 맞아주었다. 몇 년만의 만남이라 나도 반가웠다. 서로 껴안고 인사를 나누었다. 사무실 자리 배치도 그대로이고 경리직원과 사무직원만 바뀌었다. 이 시간에는 직원들 모두 배송 일을 나가 있는 시간이라 사무실은 한적했다. 직원이 차를 내왔다.

"이 소장. 사실은 말이야…."

나는 현재 처해있는 상황을 상세하게 설명하고 일자리를 원했다. 이 소장은 좀 난감한 듯하더니 내게 물었다.

"형님. 괜찮으시겠어요? 현재 밤일도 하고 있고, 잠은 언제 자요?"

그리고 잠시 머뭇거렸다.

"형님. 나이도 있는데…?"

"할 수 있으니까 자네한테 왔지."

그는 계속해서 말을 이어갔다.

"해 보셔서 잘 아시겠지만, 이 일은 정말 힘들잖아요? 차가 올라갈 수 없는 언덕길, 눈 오면 미끄럽고, 비 오면 물건 젖고 그 비 다 맞아야 되고…. 그런데 안 하면 안 되는 일이라 결코 꼭 해야 하는 일이고…."

잠시 침묵이 흘렀다.

"할 수 있겠어요? 하실 수 있다면 제가 자리를 만들어 볼게요."

"그래 할 수 있다니까?"

나는 일단 이 소장 앞에서 할 수 있다는 자신감을 보였다.

"그런데 이 소장. 내가 잠을 좀 더 자야해서 편리를 봐주면 안 될까?"

"어떤 것 말입니까?"

"출근 시간과 배송 물량을 조정해서 할 수 있을까?"

나는 잠자는 시간과 출근해 집하장에서 물건을 받아 적재하는 시간까지 계산하고 그것이 가능할지에 대하여 답변이 궁금했다. 그는 처음에는 난색을 보이더니 금세 알아차렸다.

"그것을 고려해서 생각을 해 보겠습니다."

이렇게 미팅이 끝나고 이 소장은 며칠 내로 연락을 주기로 했다. 전에 일할 때도 일은 정말 힘들었다. 식사도 간단한 김밥으로 차에서 이동하며 먹었다. 정해진 물량을 시간 내에 배송하려면 한가하게 쉬는 시간이 없었다. 손수레가 들어갈 수 없는 언덕길, 4~5층 엘리베이터가 없는 원룸, 혼자 사는 사람들만 사는 외딴곳, 비탈길 꼭대기, 노인분들만 사시는 곳, 외국인들이 사는 곳, 젊은 여성이나 학생이 사는 원룸촌 등 이런 곳들은 대부분이 쌀, 식수, 김치 등 무거운 배송이라고 볼 수 있다.

그래서 이 일은 건강한 체력과 직업의식이 뚜렷하고 사명감을 가지고 일을 즐기면서 하는 사람이 견딜 수 있는 일이라 생각했다. 일을 준다고 해도 나는 점점 더 과연 이 일을 할 수 있을까? 괜히 한다고 했다가 이 소장과 동료들에게 피해는 주지 않을까? 나는 내심 걱정이 있었다. 가끔 내 몸 상태가 예전 같지가 않다고 느끼고 있었기 때문이었다.

이 소장과 나는 나이로는 10년 차이가 난다. 이 소장이 한참 동생이다. 이 소장은 고교를 졸업하고 서울에 올라와서 줄곧 이 일을 했다. 성실하게 일을 잘해서 본사로부터 일 년 만에 몇 개 지역을 맡아서 책임지는 소장 자리까지 올라온 몇 명 안 되는 성공한 사람 중에 한 사람이다. 나도 그 성실함과 부지런함, 그리고 그 분야의 사람을 대하는 사교술을 그에게서 배웠다. 그는 남들보다 더 나에게 친형처럼 잘 대해 주었다. 이번에도 특별한 일이 없는 한 채용하리라 생각하고 있었다. 그러나 내가 얼마나 사명감으로 일을 잘해 주느냐가 문제일 것 같았다. 밤과 낮, 하루에 2~3시간 정도만 잠을 자고 두세 가지 일을 하며 버틸 수 있을까? 젊을 때는 몇 날 밤을 지새워도 몸에 큰 무리가 없었는데…. 그때와 지금은 완전 다르다. 지금은 하룻밤만 잠을 못 자도 그 다음 날에는 피로가 몰려온다. 약으로 버티는 것도 임시적인 효과는 있지만, 내성이 생기고 피로가 누적되면 큰 병을 앓을 수 있기 때문이었다.

그렇게 나는 야간에는 물류센터에서 일을 하고 낮에는 택배 일을 기다리고 있었다.

이 소장에게서 연락이 왔다. ○월 ○일 월요일 12시까지 출근을 하라는 것이었다.

'그래 될 거라 예상했어!'

나는 즐거웠지만, 한편으로는 걱정이었다. 과연 하루에 2~3시간 잠을 자고 내 체력이 버텨줄 것인가? 밤을 꼬박 새워 일을 마치고 투명한 아침햇살을 맞으며 퇴근하는 고속도로는 어찌나 맑고 상쾌하던지….

이때 나는 회사에서 간식으로 나온 딸기우유를 마시지 않고 있다가 퇴근하는 고속도로상에서 아침햇살을 맞으면 마셨다. 그 달콤하고 상큼한 말랑카 우유맛을 잊을 수가 없다. 그러다가 집 근처쯤에 도착해서는 또 어찌나 졸리던지 몇 번이나 깜박깜박 졸음운전을 경험한 적이 있었다.

"형님. 보수는 그리 많지 않을 수도 있습니다."

사실 몇 년 전에 약 두 달간 임시 아르바이트로 경험해 본 일이지만 꽤 많은 보수를 받았었다. 초보자가 수거 물건도 없이 배송만 했는데도 두 달에 8백만 원 이상을 받은 것 같다. 그때 들은 얘기로는 수거까지 하는 베테랑 택배기사들은 대략 1천만 원 정도까지 수입이 되는 것으로 들었던 기억이 있다. 물론 이들은 차량을 사서 지입으로 들어온 사람들이 대부분이었다. 그들에 비하면 나는 차량도 회사에서 지원해 주었고 통신료와 차량 유류대까지도 회사에서 일부 지원을 해줬다.

원래 택배기사들은 새벽 6시까지는 택배물건이 모여 있는 집하장으로 먼저 출근해서 본인 해당 지역의 물건을 수령해서 차량에 짐을 실은 다음 각자 배송지로 가는 것이 기본이었다. 그런데 나는 12시에 출근해서 먼저 출근자가 물건을 다 수령해서 분류해 놓은 것을 받아서 배송하는 배려까지 받았기 때문에 더구나 미안하고 고마울 따름이었다. 내가 택배 일을 지원하게 된 것도 이런저런 이유가 사실이다.

"형님. 일단은 전에 맡았던 ○○지역으로 정했습니다."

'아 ○○지역이구나.'

"일단 그곳에서 좀 하신 다음에 다른 지역으로 옮겨 드리겠습니다."

○○지역은 ○○동 ○○대학교 인근으로 언덕과 비탈길 등

오르막길이 많은 곳으로 동료들이 별로 좋아하지 않는 지역이기도 하다. 혼자 자취하는 학생들이 많고, 할아버지 할머니들도 많이 살고 계셔서 무거운 물건들이 많으며 그 물건들을 그분들이 원하는 방안 깊숙한 장소까지 가져다 줘야 한다.

또는 집에 사람이 없는 때도 많아서 물건을 힘들게 들고 올라가서 그냥 가지고 내려오는 경우도 많았던 곳이다. 초보자들은 힘들지만 한번 경험해 보면 앞으로 일하면서 도움이 많이 되는 곳이기도 하다. 나는 속으로 '차라리 잘됐지 뭐' 해 본 곳이라 길도 손바닥 보듯이 잘 알고 있는 이유 때문이기도 했다.

그와는 반대로 보다 일하기 쉬운 장소는 평지의 건물이 한두 개 모여 있는 곳이면 좋다. 그 한두 개 건물에서 배송과 수거가 거의 다 끝나기 때문이다. 그래서 경력이 쌓이고 고참이 되다 보면 그런 행운도 따라오기 마련이다. 그러나 좀 더 수월할 뿐, 힘들지 않은 일이 어디 있으랴. 그렇게 나는 주간에도 정오부터 여섯 시까지 택배기사로 일을 하고 다시 저녁 9시에는 야간 현장으로 향했다.

때로는 별것 아닌 것도 자극제로 전환점이 된다

택배는 어떤 시스템으로 돌아갈까? 택배 일을 하려면 어떻게 해야 하는 걸까? 택배에 관한 문제점 그리고 택배 일을 하면서 생각을 바꿔놓게 한 인연 등 내가 택배 일을 하면서 느꼈던 에피소드에 관한 이야기가 여기 있다.

시간이 지날수록 내가 금융사기를 당했다는 사실이 현실로 다가왔다. 매월 이자와 원금을 납입해야 하는 것이 그랬고, 가족에게 말하지 못하고 날마다 조마조마하며 말할 기회를 엿보는 것이 그러했으며, 그리고 나를 더욱더 힘들게 하는 것은 집을 나와 가족과 떨어져 혼자라는 것이 미치도록 서글펐다.

이런 상황이 현실이란 것이 도저히 감당하기 어려웠다. 차라리 꿈이라면 얼마나 좋을까? 나는 왜 여기에 혼자 있는가? 조용히 많은 꿈을 실현해 보고자 했는데 단 1원도 써보지도 못하고 닭 쫓던 개처럼 한동안 공황 상태에 빠져버렸다.

처음에 그 사실을 알았을 때는 너무 황당하고 '사실이 아니겠지'하며 현실을 받아들이지 않았다. 그리고 빨리 그 꿈에서 벗어나기 바랐다. 그러나 모든 것은 현실로 돌아왔다.

나는 평소에 저녁 10시부터 물류센터에서 산더미처럼 쌓여있는 물건들을 선별하여 포장하고 차에 짐을 싣는 업무를 한다. 이 일은 다음 날 아침 7시까지 이어져 보통 사람들이 출근하는 시간에 퇴근한다.

숙소로 돌아와서 샤워하고 간단한 조식을 한 다음 약 3~4시간 잠을 잔다. 그리고 12시까지 택배대리점으로 출근한다. 택배 일은 내가 맡은 물량을 오후 6시까지는 배송을 완료하고 퇴근하여 또 야간 일을 준비한다.

이렇게 거의 매일 반복된 생활이다. 또 주말이나 휴일에 맞춰 영화 관련 일, 온라인 문서 판매, 몸이 몇 개라도 모자랄 지경의 일을 매일 반복하고 있다. 잠이 부족하고 몸은 항상 지쳐 있지만, 얼른 안정을 찾아 가족이 있는 집으로 돌아가야 한다고 생각하면서 버텨내고 있다.

문득 '내가 당했다'라는 생각만 하면 가슴이 아리고 아파져서 병이 생길 것만 같다. 그래서 가능한 한 그 생각을 무디게 만드는 단련함도 길러야 했다. 이런 상황에서 내가 몸이라도 아프게 된다면 더 큰 일이 발생하기 때문이다.

이 일이 있고 난 후 가슴 통증과 울렁거림, 쓴맛이 올라오는 증상, 쥐나는 증상이 전보다 심해졌다. 그때까지는 병원에 가보지 않았지만, 곧 한번쯤 진찰을 받아야겠다는 생각이 들었다. 모든 일이 그렇지만 택배 일은 내가 하루라도 갑자기 빠지게 되면 나를 대신하는 사람과 물건을 기다리는 손님들에게도 약속을 저버리는 결과를 초래하여 그만큼 손해를 보게 되는 것이다. 그래서라도 더욱 몸이 건강해야 일을 할 수 있다는 생각을 새삼스레 하게 되었다.

회사 근처의 숙소에서 서울시내 택배대리점까지 출퇴근 시간은 약 한 시간 정도 소요되었다. 처음에는 승용차로 출퇴근을 했지만 거의 차가 막혔다. 그래서 차 막힘 현상과 주유대를 생각해서 지하철로 출퇴근을 했다. 비용을 줄이는 것이 당연하고 부족한 잠을 지하철에서 조금이나마 보충하고 또 여러 가지 아이디어를 생각하기에 좋았다.

출근하면 1톤 탑차에 그날 배송할 물건을 미리 적재해 준비해 놓은 차량으로 내가 배당받은 장소에 물건을 배송하면 되었다. 이 얼마나 황송한 배려인가? 미리 밥상을 다 차려 놓은 상태에서 먹기만 하면 되는 것이다. 이렇게까지 잘 대해 주는 이 소장에게 언젠가는 꼭 보답을 해야겠다는 생각을 한다.

택배기사는 아침 7시까지 물류센터에 도착해서 각자 본인들이 편리한 위치의 컨베이어 라인에서 쉴 새 없이 쏟아져 나오는 배송 물건들을 직접 수거해서 짐을 탑재해야 한다. 일명 '까대기'이다. 나중에 배송할 물건은 안쪽에서부터 차곡차곡 정리해야 현장에서 바로바로 빠른 배송이 이루어진다. 만약 이것이

제대로 정리가 안 되고 대충 실은 물건은 뒤죽박죽 한 번 갔던 곳을 또 가게 되고 그만큼 시간과 몸이 고생하게 된다. 물건을 차에 실은 순간 바코드를 찍기 때문에 대리점 컴퓨터로 보내져 그날 배송할 물건이 데이터화된다. 그리고 일괄적으로 물건 주인들에게도 "고객님께서 주문하신 상품이 금일 ○○시경에 도착 예정입니다"라는 배송 안내 문자가 보내지게 된다. 이렇게 물건을 차에 싣기까지 약 3~4 시간이 소요된다.

이제부터는 시간과의 싸움이 시작된다. 물건 한 개를 배송하는데 초보자들은 보통 5분 정도 소요된다고 볼 수 있을 것이다. 핸드폰의 내비게이션 기능으로 주소지를 찾거나 집 앞에 붙어있는 문패나 주소를 보고 금방 확인할 수가 있으나, 한 집 주소에 여러 가구가 사는 경우에는 제대로 전해 주기가 쉽지만은 않다. 더구나 언덕이 있는 골목길, 엘리베이터가 없는 높은 집, 문이 잠겨있고 사람이 없는 집에 전화도 받지 않을 때는 다시 가지고 돌아와야 하는 것들이 초보자에게는 상당히 힘든 일이다.

특히 물건이 생물인 경우는 더욱 마음이 급하다. 시간이 지날수록 물건이 상할 수 있기 때문이다. 아파트나 빌라 등은 특정 장소나 문 앞에 놓고 주인에게 문자를 하면 되지만 그밖에 불특정 사람들이 다니는 사무실 복도나 쉽게 눈에 띄는 장소에는 물건을 놓고 가기에는 분실의 위험이 따른다. 만약 물건을 분실했을 때는 택배기사가 전적으로 책임을 져야 한다.

따라서 초보 택배기사인 경우 하루 8시간을 기준으로 했을 때, 물류센터에서 물건을 차에 싣는 시간 약 3시간을 빼고 나면 실제 배송 시간 약 5시간이다. 이 다섯 시간 동안 배송할 수 있는 물건은 약 60개에 정도에 지나지 않는다.

그러나 시간이 지나면서 그 지역 지리에 익숙해지고 나름대로 자신만의 노하우가 생기게 되면서 수량은 훨씬 늘어나게 된다. 그래서 초보자들은 최초 3개월이 가장 힘든 기간이다. 이 기간 동안 살아남겠다는 강력한 멘탈이 자신을 버텨줘야만 할 수 있는 일이다. 이 3개월만 지나면 안정적인 생활이 된다고 볼 수 있을 것 같다.

본인이 할당받은 물건을 전부 배송하고 퇴근하려면 훨씬 늦은 시간까지 일을 해야 되는 경우도 많다. 베테랑 택배기사들은 하루에 보통 250~300개 정도를 배송하며 수거하는 집하 물건도 상당한 수량을 기본으로 하고 있다. 물론 아주 큰 빌딩이나 가구 수가 많은 아파트 단지 그리고 홈쇼핑 회사에서 나오는 집화 물건 등 구역이 좋은 곳에서 전문적으로 하는 사람은 이보다 훨씬 많은 수량을 처리하는 경우도 있다.

이처럼 초보자와 익숙한 사람과는 많은 차이가 있다. 최근

언론에 자주 등장하는 '고수익 택배기사' '새벽 배송' 등 택배기사에 관한 내용은 실업자들의 관심을 끌만했고 그에 따른 '과도한 노동력' '택배기사 취업 사기' 등 부작용도 있기 마련이다.

택배기사가 되려면 가장 먼저 준비할 사항이 '화물운송종사자 자격증'을 취득하는 것이다. 반드시 자격증을 취득하는 것이 우선이고 그 다음에 취업 자리를 알아보아야 한다. 자격증을 취득하기 위해서는 책 한 권을 약 3일 동안 집중해서 공부하면 가능하다.

그런 다음 관할 거주지나 가까운 시험장에 가서 적성검사와 필기시험을 치른다. 운전 면허시험과 같이 60점 이상 맞아야 합격이고 며칠 후 지정된 날짜에 종사자 법정 교육 8시간 동안 받아야 된다. 이 교육 시간에도 내용이 있지만 교육장 인근에 수많은 지입차량업체들과 캐피탈 직원들, 리스 차량업체들이 명함을 주면서 호객행위를 한다.

그 다음 취업을 하기 위해서는 어떤 방법이 있을까? 좋은 방법은 택배업을 하는 지인을 통해서 취업하는 것이 가장 좋은 방법이다. 하지만 지인이 없다면 어떤 방법이 있을까? 직업 알선 회사를 통하는 것과 인터넷을 통하는 방법이 있다. 여기서 문제가 발생할 소지가 충분히 있다. 택배기사가 고수익 직종이란 말이 언론에서 언급되자 택배기사가 인기 있는 직업이 돼버린 사회현상에 편승해 사기꾼들이 등장한 것이다.

일부 알선 회사들은 구직자들에게 강제로 탑차를 사게 하면서 받는 부가세 환급금에 대해서는 말을 하지 않거나 자기들 알선 회사에서 주는 것처럼 생색내는 경우도 있다. 환급금 10%는 차량 구매자인 내가 당연히 받아야 할 내 돈이다. 이 돈은 결국은 나중에 내가 갚아야 할 돈이다. 알선 회사들은 없던 것을 자기들 회사에서 만들어 혜택을 주는 것처럼 한다면 사기를 의심해 봐야 한다.

택배기사가 500만 원을 번다는 소문이 나자 많은 사람이 구직 알선 회사나 알선 사이트를 이용하는 것으로 나타났다. 내가 맨 처음에 경험한 바로는 알바 사이트에 나와 있는 광고들은 대부분 사기업체가 많다. 이런 알선 회사들은 알선비를 받아야 하는 것이 목적이기 때문에 수입이 안 되는 자리를 알선해 주거나 배송용 탑차를 강제로 구매하게 하여 이득을 챙기는 수법을 쓰고 있다.

실제로 경험이 없는 초보자들은 300만 원 벌기도 어렵다. 택배기사가 한 달에 순수익 410만 원을 번다고 가정하면 택배 수량을 월 7,000개를 배송해야 한다. 계산해 보면 배송 7,000개×개당 800원= 560만 원. 여기에 반품과 집화 수수료 60만 원을 포함한 고정지출금 150만 원을 빼면 순수익은 410만 원이다. 이처럼 초보자가 7,000개를 한다는 것은 있을 수 없는 일이거니와 택배 대리점에서 그만큼 초보자에게 할당해 줄 물량도 없다. 7,000개 물량을 받으려면 대도시에서 최소 1년 이상은 경력을 쌓아야 가능한 일이다.

원래 택배기사는 개인사업자로 분류되어 택배 넘버(국토교통부에서 무상 배부하는 택배전용번호)를 지정받아서 운영하게 되는 사업이다.

차량 구입은 대리점 소장과 최종 면접이 끝나고 나서 구매하는 것이 좋다. 생각만 앞서서 덜컥 차부터 사면 일이 지연되거나 만약 일이 잘못될 경우 당연히 그에 따른 이자 등 부담이 있기 마련이다. 혹시 차를 되팔아야 할 경우도 생각해서 차량 구매는 중고차를 구매할 것인가 신차를 구매할 것인가 신중히 결정을 해야 한다.

서로 장단점이 있는데 중고차를 구매할 경우 판매자와 직접 거래를 한다면, 중간에 아웃소싱업체나 물류 업체를 거치지 않고 사기 때문에 차량 구입에 따른 사기는 피할 수 있는 장점이 있는 반면 구매자 본인이 구매대금만큼 현금을 보유하고 있어야 한다. 즉 여윳돈이 없어도 차 값 400만~500만 원 정도 되는 싸구려 차라도 구입해서 시작해야 한다. 그러기 때문에 현금이 없다는 가정 하에 신차를 구매했을 경우에는 세금 10%를 환급금으로 돌려받게 되고 새차라는 기대감이 충만되어 일도 새로운 마음을 시작할 수 있다.

그러나 차는 당연히 구매해야 하므로 차가 없다는 이유로 물류 업체들의 먹잇감이 될 수도 있다. 즉 작업이 들어오는 것이다. 일명 '차팔이'다. 이런저런 이유를 붙여서 본래 차 값에 돈을 더 얹어서 떼어먹는다. 이런 경우 합법을 가장한 불법이지만 교묘하게 법망을 빠져나가는 수법으로 어쩔 수 없는 참으로 안타까운 현실이다.

구입할 차량의 브랜드는 현대차나 기아차를 선호하나 기아 봉고3 신차를 산다고 가정하고 스팩은 정품 오토매틱으로 해야 한다. 이유는 단거리에 가다 서기를 반복해야 하고 발에 대한 피로도 등을 생각해서 오토매틱이 훨씬 좋다. 또 하이 탑, 킹캡, 측면슬라이딩 도어, 후면 안전발판 등 모두 포함해서 차량 가격은 약 2천2백만 원 정도이다.

이 차량은 개인 할부와 리스로 샀을 경우를 비교하면, 개인이 할부로 했을 때 4년 만기(원리금 균등상환 4.3%)로 이자만 180만 원 차 값이 2,400만 원이다. 또 사제탑 리스는 5년 만기(원금 균등상환 9%)로 이자만 1,000만 원, 차 값이 3,600만 원이 된다. 이렇게 비싼 사제 탑차 구매 후 택배 일 시작했다가 그만두면 차를 중고로 되 판다고 해도 구매 시 웃돈 약 500만 원, 처음 수습 기간에 적자 약 200만 원, 중고차라는 이유로

3~400만 원 다운, 이렇게 약 1,000만 원 이상은 기본으로 손해를 보는 것이다.

처음엔 택배기사가 개인사업자라는 것을 모르는 구직자들이 많다. 개인사업자, 택배기사를 발목 잡는 고리대금 리스 할부, 3개월간 할부금 면제라고 말하는 리스업체, 당장 들어가는 돈이 없다고 말하지만, 할부금 다 갚고 나면 차 값이 무려 3,000만 원이 넘어간다. 위에서도 언급했듯이 힘든 택배 일을 하면서 1,000만 원 가만히 앉아서 손해를 보게 된다. 따라서 이런 리스는 절대하면 안 된다.

택배 일을 시작한 지도 벌써 한 달이 다 되어가고 있었다. 시간이 훌쩍 지나갔다. 예전에 여러 차례 와봤던 길이라 쉽게 적응은 했지만, 골목에 주차하는 것과 언덕길, 다가구 밀집 지역, 미로처럼 이어져 있는 공장들, 엘리베이터가 없는 구 건물을 오르내리는 것은 예전이나 똑같이 힘이 들었다. 이제 주야로 일을 하다 보니 당연히 해야 하는 일상이 되어 버렸다. 그러나 한편으로는 빨리 안정을 찾아 일에서 벗어나서 집으로 들어가고 싶은 맘은 숨길 수 없는 사실이었다.

예전부터 알고 있던 손님 중에 언덕 거의 꼭대기에 사시는 할아버지 할머니가 며칠 사이로 두 분이 다 돌아가셨다. 이분들은 거의 집에서만 생활하셨는데 나도 부모님 생각이 나서 특별히 관심을 두고 있었다.

할아버지는 함흥이 고향이고 결혼한 딸이 있으며 아들은 몇 년 전에 교통사고로 안타깝게 잃었다고 했다. 2~3일에 한 번꼴로 물건을 가져다드렸는데 대부분이 생필품이었다. 인천에 사는 딸이 자주 찾아오지는 못해서 물건을 보내는 것이었다. 물건을 가지고 집에 가면 항상 두 분이 다정하게 맞아 주었다. 물건을 놓는 장소까지 안방이며 부엌이며 지정을 해 주었다. 나는 고장 난 변기도 고쳐주고 가끔씩 필요한 물건도 사다드리곤 했었다. 두 분은 밥을 먹고 가라, 차를 마시고 가라, 홍시든 귤이든 항상 먹을 것을 손에 쥐어 주었다. 그분들도 자식 생각이 나서 그랬을 것이리라.

어떻게 며칠 사이로 가실 수 있을까? 약속을 하신 걸까? 그 두 분은 저 높은 곳에서 아주 편안하게 손을 잡고 활짝 웃고 있으리라는 생각이 들었다. 80 평생을 나름대로 파란만장한 삶을 사셨을 것이다. 인생은 이렇게 살다가 가는 것.

택배 일을 하다 보면 뜻하지 않게 인연을 만들기도 한다.

"거기 두고 가요."

약간 이마를 드러낸 흰머리, 테가 굵고 동그란 안경, 목소리에서 느껴지는 중후함, 일주일에 한두 번씩은 그를 본다. 그는 나의 손님으로 만났다.

그의 사무실은 언덕 바로 아래에서 쪽문을 열고 한참을 지나 철제사다리 계단을 몇 개 올라가면 있었다. 어느 날이었다. 아이스박스 2개를 배송하는 중이었다.

사무실에 도착하자 왁자지껄 대여섯 명 정도 사람들이 웅성거리며 파티를 하고 있었다.

"워…."

"왔다! 왔어!"

나를 보고 일제히 소리를 질렀다. 뭐가 왔다는 것일까? 평상시와 같이 물건을 전해 주고 나오려는 순간이었다.

"거기요?"

"예?"

나를 가로막고 세웠다.

"잠깐이라도 이것 좀 먹고 가요."

내가 방금 가져온 아이스박스에서 음식물을 벌써 꺼내고 있는 상태였다. 배달용 접시에 간결하게 썰어진 갖가지 횟감이 먹음직스럽게 보였다. 홍어회, 민어회, 산낙지까지….

"네! 감사합니다만, 바빠서요."

"잠시만 한 입만 먹고 가요."

막아서며 진지하게 말을 해서 거절할 수가 없었다. 아니 회를 좋아하는 나는 먹고 가고 싶었는지도 모른다.

"아. 그럼 맛만 보고 가겠습니다."

어느새 나무젓가락을 쥐고 있었다. 제법 두툼하게 썰어진

민어회에 먼저 손이 갔다. 그는 전남 신안에 사는 친구가 직접 잡아서 보낸 자연산 회라고 자랑을 늘어놓았다.

민어회를 입에 넣는 순간 달콤하며 상큼하게 씹히는 맛이 정말 일품이었다.

"아 정말 맛있네요."

정말 이렇게 맛있는 회는 거의 처음인 듯하다. 나는 다음 장소로 배송하는 것도 잠시 잊고 홍어회와 산낙지까지 먹었다. 그날은 1년에 한 번 있는 '문학 모임'이라고 했다. 그는 거의 종일 사무실에서 생활하는데 찾아오는 사람도 없고 자기와 나이가 비슷한 것 같고 어디선가 본 듯한 얼굴이라고 했다. 그래서 이틀에 한 번씩 오는 나에게 관심을 두고 있었다고 말했다.

그의 직업은 다양했다. 미술평론을 하고 시나리오를 각색하며 가끔은 잡지에 글을 기고하고 주로 SNS로 세상과 통한다고도 했다.

그 후 나는 일부러 일이 끝나는 시점에 사무실에 방문해서 그와 이런저런 사는 얘기며 예술을 논했다. 그는 크고 작은 시시콜콜한 일들까지 수시로 나에게 카톡으로 문자를 보내왔다. 이렇게 그와 친구가 되었다. 그의 삶도 순탄치만은 않았다. 이혼 후 줄곧 돌싱남으로 혼자 사는 일에 익숙해져 있었다.

한 번은 내가 가정을 가져볼 것을 얘기해 보았다. 그러나 그는 이제 와서 누군가와 함께 산다는 것이 자신 없다고 했다.

본인도 누군가에게 간섭을 받게 되는 것이 싫고 상대에게 이래라저래라 하는 것도 도리어 피해를 준다는 생각에 차라리 혼자 사는 것이 마음 편하다고 했다.

그와 자연스러운 얘기 중에 이렇게 철저하게 혼자 살면서도 먹고 사는 방법이 있었다. 글을 써서 잡지에 기고하고 필요한 사람들 문서를 만들어 주는 일과 심지어는 자기소개서까지 의뢰를 받아 써준 일도 많다고 했다. 나는 이런 비슷한 일들을 이미 15년 전에 시작했었는데…. 그는 이런 일들이 거의 전문가 수준에 있었다. 그것이 자극제가 되었다. 그가 다시 나의 일을 일깨워준 것이다. 나는 전에 했던 문서대행 일을 다시 해 보기로 했다.

잘 만든 문서는 일을 성공시키는 발판이 된다

나는 평론가 친구가 하는 문서를 대행해 주는 일에 자극을 받았다. 이 일은 내가 16년 전부터 기획해 홈페이지(http://www.funpark.co.kr)를 직접 만들어서 현재까지 연명은 하고 있으나 방치 상태로 활성화를 못 하고 있었다. 따라서 그동안 홈페이지를 유지하기 위하여 도메인과 호스팅 등 관리 비용만 지불하면서 이익을 내지 못하고 있는 상태였다.

먼저 허접한 디자인과 어느 기기에서도 쌩쌩 돌아가는 반응형으로 바꾸고 최신 정보로 업그레이드를 하고 본격적인 활성화 작업을 해 볼 수 있을 것 같았다. 이 일은 수익으로 바로 연결이 가능할 것들을 생각해 보았다. 예를 들면 '면접을 잘 보기 위한 필승 합격 노트' '풍물시장 100배 즐기는 법' 등을 PDF 파일로 전자책을 만들어서 저렴한 가격을 받고 판매 사이트나 관련 마켓에서 판매하는 것이다. "이것을 누가 사가겠어?" 하고 처음부터 부정적으로 보는 사람도 많을 것이다.

그러나 실제로는 전혀 그렇지 않다. 그것은 착각이다. 직장인, 사업자, 대학생 등 필요로 하는 사람은 얼마든지 존재한다.

그렇다면 그들은 왜 구매를 하는 걸까? 그것은 그들이 필요로 하는 자료들을 만드는 데 시간 절약과 사용상 편의를 제공하고 저자만의 다양한 경험을 받을 수 있기 때문이다. 운이 좋다면 생각하지 못했던 아이디어를 얻어 자신이 생각했던 아이디어와 연계하여 더 큰 수익을 높일 수도 있다.

내가 처음 이 사업을 시작할 때도 수요는 분명 있었다. 예를 들면, 부동산 개발회사나 개인들도 자금을 받기 위해서 필요한 서류가 '사업계획서'이다. 이 문서 하나가 그 사업을 좌지우지하는 경우가 많다. 잘된 사업계획서는 수억 원에서 수백억 원까지 자금을 받을 수 있고 엉망인 것은 곧바로 쓰레기통으로 들어가 버린다.

나는 이 사업계획서를 수도 없이 검토하고 또 직접 작성해 보았다. 실제로 내가 만든 사업계획서로 100억 원대 사업을 진행한 적도 있다. 또 특정 분야의 전문적인 내용이지만 이 사이트에서 판매하고 있는 세계 유명건축물 미니어처 도면은 세상 어디에도 없는 오직 나만이 소유하고 있는 '유일무이'한 자료들로 부르는 게 값이었다. '아브라함궁전' '콜로세움' '피사의 사탑' '경복궁' … 한번 만들어서 올려놓은 자료들은 필요로 하는 사람이 구매하고 직접 다운로드하거나 문자 또는 이메일로 주문을 하면 결재만 확인하고 보내주기만 하면 된다. 이것은 올려놓은 자료들을 내리지 않는 이상 평생 계속해서 돈이 들어오는 자동화 시스템이다.

이제는 특정하게 전문화된 내용보다는 많은 사람이 필요로 하는 대중적인 자료들을 만들어서 올릴 계획이다. 온라인 특성상 우리나라 전체 그리고 외국까지 상대하므로 이론상으로 자료 한 개에 1만 원을 받고 1,000명에게 판매하게 되면 1,000만 원의 수익이 발생하게 된다.

문서작성은 먼저 본인이 어떤 분야에서 이득을 보거나 성과를 낸 경험이 있다면 이것을 잘 정리해서 전자책으로 만든다면 자신만의 노하우가 타인에게 좋은 정보가 될 수 있어 구매로 이어질 수 있다.

내가 최근에 만든 『풍물시장 100배 즐기기』는 직접 풍물시장의 구석구석을 발로 뛰어 돌아다니면서 '특별한 물건이 많은 집' '꼭 가봐야 할 맛집' '1,000원이면 옷을 살 수 있는 가게' 등 나만이 아는 숨겨둔 곳을 취재하여 작성한 PDF 전자책이다. 이 책만 읽어보고 풍물시장을 방문한다면 정말 100배 즐거움이 있을 것이라 확신한다.

또 세월이 지나긴 했지만 내가 부천국제판타스틱영화제에 입사하기 위하여 제출했던 '운영계획서'는 기본계획, 운영계획, 추진계획 그리고 소요 예산까지 21페이지 분량으로 간단하면서도 있을 것은 다 있는 꼼꼼하게 작성한 문서이다. 이 계획서로 합격하여 근무 한 적이 있었다. 관련 분야 뿐만이 아니라 어떤 부서의 운영계획서로도 참고한다면 도움이 될 것이다.

위의 두 전자책뿐만이 아니라 그 외 몇 가지 PDF 전자책이 '크몽'이나 '탈잉' 그리고 본인의 '펀파크' 사이트에서 절찬리에 판매 중에 있다. 따라서 현재는 많은 돈은 아니지만 소소하게 통장으로 돈이 입금되고 있다.

좋은 사업계획서는 느낌부터 다르다. 한눈에 들어오는 제목과 목차 그리고 간결한 문장, 빈틈이 없는 논리는 성공 예감의 신호탄이다. 그러나 나쁜 사업계획서는 글의 기승전결이 없이 산만하고 과장된 표현들이 일을 결정하는데 모호하게 만든다. 가끔 사업계획서를 만들어 달라는 의뢰가 들어오는데, 없는 시간을 쪼개서 집중적으로 하는 작업이라서 의뢰자의 핵심을 정확히 못 잡는 경우도 생긴다. 그럴 때 나는 사업 주체인 본인이 직접 써보라고 권한다. 그것은 타인이 작성한다고 하더라도 단순히 보고서일 뿐 진정한 의미의 사업계획서는 아닐 수 있기 때문이다. 계획서는 사업을 하려고 하는 본인이 제일 잘 알고 있으며 시장조사나 경쟁사를 분석하는 과정에서도 직접 현실을 직시함으로써 사업의 성패를 좌우할 수 있기 때문이다.

나는 사업의 주니어 시절부터 테마파크 기획 부문을 업으로 하고 부동산 시행업무에서 수없이 많이 다져진 익숙한 일이다. 특히 부동산 시행일을 하면서 우편이나 직접 방문하여 전국 각지에서 접수된 사업계획서들을 일일이 분석하여 선별하는 일은 중요했다. 성공할 가능성이 있고 잘된 사업계획서는 소수에 불과하지만, 한쪽에 모아두고 다시 분석하고 보완하고 수정 작업을 거쳐 실행되기도 한다.

또 가능성이 없는 사업계획서는 복사를 여러 번 한 것과 단순히 글자만 몇 군데 수정한 것들은 바로 쓰레기통으로 직행한다. 말 그대로 사업계획서는 그 사업을 성공시키기 위한 설계도이자 안내서이다. 잘된 사업계획서는 은행권이나 투자자들에게 설득을 얻어 수천만 원에서 수백억 원의 투자금으로 연결되는 아주 중요한 기본서이기 때문이다.

예를 들면, 보물이 가득한 침몰 보물선을 인양한다고 가정했을 때 어떻게 할 것인가. 먼저 실현 가능성이 있는가? 가능성이 있다면 법적인 절차부터 세밀히 검토하고 바다 속에 들어가기 전에 준비해야 할 것들은 무엇이며, 바다 속에 들어가서는 어떻게 할 것인가? 보물선을 인양하고서는 어떻게 할 것인가? 안전사고 시에는 어떠한 대책이 강구되어 있는가? 모든 리스크를 점검하고 또 필요한 일정과 경비는 어떻게 할 것인가 등 모든 과정이 상세하고 구체적으로 제시되어야 하는 것이 사업계획서이다.

여기서 실행을 위한 자기자본이 없다면 투자자에게 설득

력 있는 설명이 필요하다. 투자자들은 이 사업이 안전한지, 참여해서 사고라도 생긴다면 어떤 일이 벌어질지 등 허무맹랑한 아이디어나 실현 가능성이 없다고 판단되면 절대 투자를 하지 않는다. 따라서 그 사업계획서는 나쁜 사업계획서에 불과하다. 즉 투자자들은 '내 돈 1만 원 투자하는데 원금은 언제 돌려줄 것이며 이익금도 얼마를 언제 줄 것인가?'를 머릿속에 항상 생각하고 투자를 하기 때문이다.

나는 이 일을 하면서 많은 사람들이 사업계획서를 형식적으로 알고 있다는 것을 알게 되었다. 심지어 사업을 시작하면서 막연히 사업 아이디어만 가지고사업계획서가 필요하지 않다는 사람들까지 보았다. 이것은 마치 수영은 할 줄 아니까 준비운동도 없이 물속에 뛰어든 것과 같은 것이다. 물속은 수많은 위험요소가 존재한다. 깊이를 알 수 없는 소용돌이를 만날 수도 있으며 갑자기 물속에서 심장마비라도 일어난다면 끔찍하다. 준비운동은 우리 몸이 물속에서도 균형 있게 작동하기 위하여 미리 예방해 주듯이 사업계획서도 그 사업을 성공으로 이끌기 위한 안내서 역할을 하는 것과 같은 것이다.

사업계획서는 작성자의 얼굴이다. 이 사업을 위하여 얼마나 고민을 했는지, 자신감은 있는지, 기필코 성공해야겠다는 절박함과 절실함이 있는지 사업계획서를 보면 의지, 신념, 철학, 성공 등 그 사람이 훤히 보인다.

사업계획서는 진정성을 가지고 작성해야 한다. 사업계획서가 왜 꼭 필요한가? 쓰는 목적은 무엇인가? 투자 유치를 위해서인가? 아니면 타인에게 잘 보이기 위한 과시용인가? 사업계획서를 인터넷에 떠돌아다니는 양식에 맞춰 기계적으로 빈칸 채우기식으로 작성한다면 그 사업은 접어야 한다. 그 사업은 반드시 실패하기 때문이다.

사업계획서는 창업자 본인이 스스로 창업 아이디어를 내서 작성하고 분석하고 검증해서 일궈나가는 반드시 거쳐야 하는 관문이다. 이것은 회사가 유지되기 위해서도 꼭 필요하다. IR(Investor Relations), 투자제안서, 상장계획서 등과 같이 회사가 유지되는 동안 운명을 같이하는 소중한 문서자료이다.

최근 스타트업 지원 사업이니 창조혁신 사업 등 정부에서 지원하는 사업들이 많다. 먼저 정부 지원 사업의 사업계획서를 작성하는 팁을 간단히 소개하겠다.

첫째, 회사 소개는 간단하게 한다. 심사위원들은 구구절절 장황하게 늘어놓은 회사 소개는 관심 없다. 회사 소개 정보가 지원 사업과 부합하는 점을 잡아서 한 페이지를 초과하지 않는 것이 좋다.

둘째, 사업계획서를 작성할 때에는 전문용어나 모호하고

추상적인 문구나 단어들은 사용하지 않아야 한다. 즉 누구나 이해할 수 있는 수준에서 작성하는 것이 좋다.

셋째, 그림이나 표, 사진이 너무 많아도 성의가 없어 보인다. 그렇다고 글자가 많아도 가독성이 떨어진다. 사진은 내용을 시각화하여 표현하고 싶은 중요한 내용을 삽입해야 하고, 표는 내용을 설명하기 위한 근거로 사용할 수 있는 데이터를 삽입해야 한다. 따라서 한 페이지에 이미지나 표는 1~2개 정도가 적당하다.

넷째, 정부지원 사업은 정부 회계 연도에 따라 연간 단위로 사업이 운영된다. 그래서 항상 촉박한 일정에 눈으로 확인할 수 있는 성과를 요구한다. 다라서 가시적인 성과를 정량적으로 표현한 사업계획서가 훨씬 눈에 띄게 된다. 즉, 공공기관이 좋아하는 성과는 '사업화=고용창출'이다. 이 아이템을 어떻게 사업화하여 매출을 올리고, 투자액이 발생되는지 등 최근 이슈화된 일자리 창출 등의 정부 정책을 감안하여 작성한다면 좋은 성과가 있을 것이다.

다섯째, 사업예산은 소홀히 해서는 안 된다. 정부지원 사업은 결국 한정된 예산으로 얼마나 적절하게 활용하여 제안한 과업을 완수할 것인가를 평가한다. 따라서 심사는 예산을 어떤 사업이든지 꼼꼼하게 체크하고 평가한다. 예산의 중요성을 모르고 대충 예산을 책정한다면 지원 사업에서 선정된 후에도 오히려 더 문제가 될 수 있다. 정부지원 사업은 정산처리에서도 철저하게 관리감독하기 때문에 사업계획서 작성부터 꼼꼼하게 신경을 써서 작성해야 한다.

과거의 경험을 활용하라

새싹이 돋고 날씨가 따뜻해지는가 싶더니 어느새 벚꽃이 만개를 했다. 예전 같으면 벚꽃구경이니 봄나들이니 하면서 이래저래 모임이 잦을 때이다. 그러나 나에게 주어진 현실은 그럴만한 여유가 없었다. 주간 일과 야간 일을 소화하고 쉬는 날도 할 일이 꽉찬 처지였다. 조금 더 젊었을 때 이렇게 열심히 살았더라면 벌써 제법 큰 건물주가 되어 있을 수도 있을 것 같았다는 생각에 쓴 웃음이 나온다.

이렇게 하루가 25시간이어도 훨씬 부족한 시간을 보내고 있었다. 이런 와중에도 친구 딸 시집가는 날짜가 도래되었다. 벌써 1년 전부터 친구가 하도 강조를 해 핸드폰 일정란에 빨간 글씨로 예약해 놓은 일정이라 빠질 수가 없었다.

나는 일부러 지하철을 이용하여 결혼식장으로 향했다. 오랜만에 지인들도 만나보고 술도 한잔하면서 휴식을 취해 보자는 생각에서였다. 식장에 들어서자 입구부터 벌써 하객들이 꽉 차 있었다. 길게 늘어선 축하 화환들이 친구의 평소 인간관계를 말해 주는 듯했다. 친구 부부가 입구에서 손님을 맞이하느라 정신이 없었다.

“어이~ 축하합니다!”

“어서 와 친구.”

양복을 멋지게 차려입은 친구와 한복이 참 아름답게 잘 어울리는 부인이 반갑게 맞아주었다. ‘멋지구나.’ 나도 나중에 저들처럼 멋져야 할 텐데….

친구가 부러웠다.

친구가 딸아이의 손을 잡고 입장을 할 때는 친구와 내가 오버랩되기도 했다. 주례사도 친구가 직접 했다. 잘 살아야 한다는 당부의 주례사를 끝내고 애절한 노래를 불렀다.

“가뭄으로 말라 터진 논바닥 같은 가슴이라면 너는 알겠니. 비바람 몰아치는 텅 빈 벌판에 홀로선 솔나무 같은 마음이구나.”

친구는 최백호의 『애비』를 애절하고 멋들어지게 불렀다. 이런 친구의 애절한 노래는 하객들의 눈물샘을 자극하기에 충분했다. 여기저기서 눈물을 훔치고 있었다. 나도 눈물이 흘러나왔다. 딸을 시집보내는 아빠의 마음이 충분히 공감이 가는 이벤트였다.

이렇게 친구는 식장 입구에서 손님을 맞이할 때부터 딸아이의 손을 잡고 신부 입장할 때도, 주례사로 당부의 말을 할 때도 또 멋지고 재미있게 노래까지 불러서 박수갈채를 받았다. 찾아온 하객들은 그의 진심에 시종일관 웃음을 짓게 만들었다. 하객들도 이구동성으로 "신부 아빠가 너무 젊다"고 맞장구를 치며 즐거워했다. 나는 결혼식도 이처럼 재미있게 한다면 하객들도 즐거워하고 찾아온 보람도 있을 거라는 생각을 했다.

식이 끝나고 우리는 피로연에서 선후배 지인들과 함께했다. 오랜만에 만난 지인들은 모두들 소식이 없어서 궁금했다고 걱정을 했다. 시간이 지나자 친구 부부도 합석을 했다. 부인은 결혼식 날 신부 아버지가 점잖지 못하다며 핀잔을 주기도 했지만, 나는 친구의 이런 명랑한 모습이 좋아 보였다. 그의 행동거지가 솔직하고 자연스럽게 보였기 때문이다.

이처럼 결혼식에서까지 상대방에게 에너지를 줄 수 있는 동력이 무엇일까를 생각해 보았다. 그는 나이에 비해 얼굴이 동안이라는 장점도 한 몫을 한 것으로 보인다. 또 매사에 긍정적인 사고를 하고 있으며 가식이 없이 평상시처럼 자연스러움이 묻어 나왔기 때문일 것이라 생각을 한다.

그러나 그는 손해 보는 일도 많다며 넋두리를 늘어놓는다. 최근에는 한 식당에서 우연히 사람들과 함께 어울리게 되었는데 상대방 쪽에서 "젊은 사람이 뺀질거린다"고 핀잔을 들었다고 한다. 많은 얘기를 나누고 나중에 안 사실이지만 그들은 친구보다 열 살이나 아래 동생들이었다고 나에게 불만을 털어놓았다. 그는 알게 모르게 자기관리를 아주 열심히 하고 있었다. 거의 매일 헬스클럽에 나가서 운동하며 또 매일 아침저녁으로 그의 집 근처 중랑천에서 조깅과 알맞은 운동을 게을리하지 않는다고 털어놓았다. 나이가 들수록 자기관리는 필요충분조건이며 당연히 해야 얻을 수 있는 특권이다.

내가 아는 분 중에 76세 드신 어르신이 계신다. 그는 최근에 공부해서 보란 듯이 위험물 자격증을 취득했다. 그분은 보면 머리칼은 하얗지만, 눈빛이 살아있고 매사가 적극적이며 왕성한 활동력이 젊은 사람 못지않다. 그는 현재도 영화제작자로 틈이 나는 대로 집필을 하고 또 유통회사의 회장님으로 몸이 두 개라도 모자라는 바쁜 나날을 보내고 있다. 젊은 사람들과 술자리에서도 결국 지지 않는 주량을 자랑하며 항상 나에게 "자네의 꿈을 응원하고 있다네." 하면서 격려를 해 주곤 했다.

나는 이 어른에게서 많은 것을 배운다. 나도 나이 들어가면서 이분처럼 자연스럽고 넉넉하게 늙어 가면 좋겠다는 생각한다. 생각해 보니 나는 정말 운이 좋은 편에 속해 있는 것 같다. 내 주변에는 정말 멋지게 나이 들어가는 사람들이 몇 분이나 계신다. 악기를 잘 연주해서 봉사활동과 후배들을 가르치시는 분, 대학교의 대형 공연장에서 모든 잡무를 맡아서 하시는 분 등 나의 주변에는 나이 먹음이 숫자에 불가한 존경하는 어른들이 계셔서 나의 지인이라는 것이 자랑스럽기까지 하다.

그들 중에 아코디언과 키보드 연주를 잘하시는 이분은 동네 주민들에게 아코디언과 키보드를 무료로 가르쳐 준다. 나의 음악 멘토이며 아코디언 가르쳐 주는 선생님이시다. 77세 그는 시간이 날 때마다 구청이나 각종 단체에서 시행하는 축제에 단골로 연주 활동을 하고 있다.

그가 처음 악기를 배울 때가 그의 나이 65세였다고 한다. 우리가 보통 생각할 때 65세면 많은 것을 포기하는 나이라고 볼 수 있을 것이다. 그러나 선생님은 남들보다 피나는 노력으로 악기를 마스터할 수 있었다고 했다. 자나 깨나 연습, 버스에서나 집에서나 연습, 모든 활동을 악보 연습과 코드 연습에만 열중하였다고 한다. 부인에게 키보드를 가르쳐 함께 연주도 하면서 즐겁게 지내고 있다.

나는 선생님의 연주를 들을 때면 기분이 좋아지고 흥이 절로 난다. 이제는 잠시 그와 함께 할 수 없지만, 어서 먹구름이 걷히고 훗날 둘이서 나란히 멋진 음악을 합주하는 꿈을 꾸는 것이 또 하나의 희망 사항이 되었다.

또 한 사람, 75세인데도 3,000석이나 되는 대학교 대공연장을 관리한다. 다만, 노동적인 일이나 청소를 할 때는 관련 음악학과 학생들의 도움을 받기도 한다. 공연의뢰가 들어오면 스케출관리에서부터 모든 장비를 점검하고 관객들의 안전까지 완벽하게 확인하고 공연에 문제가 없게 준비한다. 공연할 때면 현장을 누비며 젊은 사람들과 호흡을 맞추어 그 공연을 성공적으로 이끈다. 총장도 일 처리에 반하여 공연장 관리만큼은 이분에게 위임한 상태라고 한다. 얼마나 멋진 삶인가? 자기 일에 최선을 쏟으며 나이를 잊고 사는 열정이 존경스럽다.

우리들도 이들처럼 멋진 삶을 살아가기 위해서는 무엇이 필요하고 어떻게 하면 될까? 나이 먹었다고 꼰대로 주저앉아 있는 것이 아니라 멋진 삶을 갖기 위한 몇 가지를 생각해 본다.

첫째, 무엇인가를 하겠다는 열정이 마음속에서 우러나와야 한다. 어떤 것을 하고자 하는 열정이 없으면 절대로 이런 일은 할 수가 없다. 열정은 젊은이들만의 것이 아니다. 나이 들었다는 이유 하나만으로 뒤짐 지고 가만히 있으면 어느 누가 멋진 삶을 가져다주겠는가? 또 누군가에게 등 떠밀려서 하는 일은 그리 오래가지 못한다. 그렇다고 말이 많고 자신의 알량한 경험을 알리기 위해서 여기저기 정보를 흘리고 다니라는 말은 아니다.

둘째, 남이 무언가 해 주기를 바랄 것이 아니라 본인이 직접 연구하고 모르면 물어보고 배워야 한다. 지금의 세상은 모든 정보가 하루에도 홍수처럼 쏟아져 나온다. 간단하게 핸드폰에서 검색만 해도 수만 건의 정보가 있다. 가히 정보의 바다에 있는 것이다. “이 나이에 무슨” “그것을 배워서 어디에 써먹을까?” 지레 겁먹을 필요는 전혀 없다. 누구나 처음에는 어렵고 두렵다. 일단 시작해 보라. 그 과정만 지나면 아무것도 아니라는 것을 곧 알게 된다. 나이를 먹었다는 단 하나의 이유로 컴퓨터도 멀리하고 이메일도 볼 수 없고 보낼 수 없다면 어떻게 이 풍진세상을 살아가겠는가? 현대는 손안에서 움직이고 있다. 세상의 모든 일이 손바닥만 한 전자기기, 핸드폰에서 이루어지고 있다. 이제는 노인도 모르면 배워야 대접받고 사는 시대다.

셋째, 봉사하는 삶을 살아야 한다. 중년이 되었다면 세상의 많은 경험과 노하우가 있을 것이다. 또는 경제적으로 성공한 사람들도 적지 않을 것이다. 이제는 이기적이기보다는 남을 생각하고 더불어 함께 살아가는 삶을 살아야 한다. 기술이 있다면 기술을 전수해 주고, 약자를 보면 그들과 도와 함께하는 마음이다. 나이가 들어 이기적이고 자기만 생각하는 사람은 환영받지 못하고 사람들이 더욱 기피하는 꼰대로 치부한다.

넷째, 필요 없는 노파심은 버려야 한다. 나이가 들어서 쓸데없이 이것저것 참견하며 말이 많은 사람들이 있다. 이런 사람들에게는 자신을 먼저 돌아보라고 권하고 싶다. 자기 자신의 일도 처리하지 못하면서 남 일에 간섭하면 노랭이 꼰대로 외면당하기 일쑤다.

맥아더 장군은 "사람은 꿈을 잃어버릴 때 늙는다."라고 말했다. 또 "10년이면 강산도 변한다"는 말이 있다.

우리는 아직도 수십 년을 더 살아야 하는 창창한 미래가 있다. 그리고 우리는 언제든지 뽑아볼 수 있는 찬란한 과거의 경험들이 있다.

일이 잘 안 풀릴 때 고난이 닥쳤을 때 이 히든카드를 뽑아 써먹어 보자. 늙어가는 것은 나이 문제가 아니라 나이는 숫자에 불과한 것이다.

오늘 본인 스스로에게 물어보라. "내가 지금 몇 년 식이지?" 분명 "아직은 이상 무"라는 답이 나오지 않는가.

마음의 해방구를 찾아 스트레스를 풀어라

문자가 벌써 예닐곱 번은 온 듯하다. 평론가 친구다. 시간을 내서 밖에서 술이나 한잔 하자는 것이었다. 나는 그의 사무실에 물건을 가지고 2~3일에 한 번꼴로 간다. 갈 때마다 허름한 자기 자리에 앉아서 늘 그렇게 뭔가를 하고 있었다. 나는 일부러 택배가 끝나는 시간에 맞춰서 그의 사무실을 방문해서 그와 대화를 했지만, 늘 그래왔듯이 바쁘다는 이유로 많은 시간을 같이하지 못했다. '다음에 봐' '시간 한번 내 볼게' 이런 식이었다. 그도 이런 나를 조금은 이해하는 눈치였다.

이날도 어김없이 문자가 날아왔다.

"가장 만나기 쉬운 것이 사람이다. 가장 얻기 쉬운 것도 사람이다. 하지만 가장 잃기 쉬운 것도 사람이다."

어디서 많이 들어봄 직한 문구지만, 많은 뜻을 내포하고 있었다. 이번에 함께 하지 않으면 멀어질 것 같은 예감도 들었다. 내가 뭐라고 함께 술을 마시자는 걸까? 오다가다 만난 사이였지만.

'우리의 만남이 너무 앞서가는 것은 아닐까?'

‘나를 무시라도 하면 어쩌지?’

‘무슨 부탁이라도 하려는 걸까?’

‘아닐 거야 우린 그냥 친구니까.’

‘그래 친구가 술한잔 하자는데 무슨 일이야 있겠어.’

나는 홀가분하게 ‘그래. 콜’이라고 문자를 보냈다. 마치 오늘은 야간에 일도 없는 날이라 잘됐다. 매번 바쁘다는 이유로 거절하기도 미안했다. 그래서 오늘은 일이 끝나는 대로 친구와 만나기로 했다. 날마다 사무실에만 박혀있는 그를 만나면 그가 살아온 삶이 궁금하고 그가 펼치는 인생이 궁금했다. 그에게서 배울 것이 많을 것 같았다.

우리는 종로5가 지하철역 근처에서 만났다.

“왔구나.”

그와 밖에서는 처음 만남이다. 평일 초저녁의 광장시장은 사람들로 넘쳐났다. 그가 가끔씩 간다는 빈대떡집으로 향했다. 1층은 이미 앉을 자리가 없었다. 2층으로 올라갔다. 거의 자리가 없었다. 우리는 화장실 앞쪽 자리에 앉았다.

“뭐로 시작해 볼까?”

“응. 이슬이도 좋고 처음처럼도 좋아.”

“그래 처음이니까 처음처럼으로 하지.”

우리는 서로 마주보며 웃었다. 안주는 빈대떡과 가자미 튀김을 주문했다.

"친구, 뭔 일 있는 거야. 왜 밖에서 만나자고 하고."

"아니, 그냥. 꼭 일이 있어야 밖에서 만나는 거야?"

"자네는 친구가 많아?"

"웬 친구? 친구 많지!"

"아니, 자네가 진정하게 생각하는 친구 말이야."

갑자기 친구라니, 나의 진정한 친구가 과연 몇 명이나 될까?

"응 그래, 손가락으로 꼽을 정도로…."

"나도 그래, 나이가 들수록 이기심과 질투심이 많아지는 것 같아."

안주가 나왔다. 우리는 술잔을 부딪치고 첫 잔을 원샷에 들이켰다. 그가 말을 이어갔다.

"진정한 친구라면 기쁜 일이 있으면 축하해 주고, 슬픈 일이 있을 땐 함께 위로해 줘야 하지 않는가?"

"그렇지."

나는 고개를 끄덕이며 맞장구를 쳤다.

"친구, 자네는 어떻게 생각하는가?"

"뭘 말이야."

"내 친구 중에 나를 다른 사람들에게 뒷말을 하고 다니는 친구가 있어."

그는 계속 말을 이어갔다.

"내가 잡지에 '미술평론'을 쓰고 있잖아. 반응이 좀 좋았지."

"그럼 좋지 않은가?"

"그렇게 말이야. 내가 그것을 하니까 이 친구가 배가 아파 질투를 하나봐. 하하하."

내가 술을 따르며 말을 이었다.

"그래? 내가 생각할 때 그 친구는 가끔 자신의 위치가 불안정하고 힘들 때가 있는 것 같아. 잘 나가는 자네를 보고 위기의식을 느끼고 있는 거지. 어찌 보면 자네가 의식을 깨워준 거야. 도리어 고마워해야 하겠는 걸. 그리고 자네같이 훌륭한 친구가 있다는 것은 자신도 훌륭한 사람이라는 걸 알게 될 거야. 하하하."

"아 그런가. 자네는 진정한 친구란 어떤 친구라고 생각하나?"

"글쎄…. 말을 하지 않아도 느낌으로 통하는 든든함이 있는 친구? 어색하지 않고 자연스럽고 일상처럼 편안함을 느끼는 친구? 그리고 또…. 내가 힘들고 외로울 때 내 편이 되어주고, 일이 잘 안 풀리고 우울할 때 실컷 하소연해도 귀찮아하지 않고 다 듣고 공감해 주는 친구? 나는 이런 친구가 진정한 친구라고 생각해."

나는 과연 이런 친구가 몇 명이나 될까? 문득 나를 돌아보게 하는 질문이며 답이다. 보이스피싱을 당하고 어려움에 처해 있는 나를 나의 친구들은 어떻게 생각할까? 나에게도 이런 친구가 있다면 정말 좋겠다.

우리는 이미 세 병째 비우는 중이었다.

"나는 그런 친구가 없는 것 같아."

친구가 하얗게 웃었다. 술기가 올라온 걸까?

"나는 이때까지 나 하고 싶은 대로 이기적으로 살아온 것 같아. 하는 일도 그렇고 결혼생활도 그랬고…. 친구 오늘은 무슨 날인 줄 아는가?"

"글쎄 무슨 날인데?"

"내 귀빠진 날이야 하하하."

"아 친구 생일이었구나."

얼굴은 웃고 있지만 어딘가 모르게 슬픔이 묻어 있었다. 혼자서 보내기가 무척이나 외로웠나 보다.

"오늘 아침에 딸아이한테 문자가 왔지 뭐야. 아빠 생신 축하한다고."

"딸은 어디에 살아?"

"전 와이프랑 같이 살아. 이제 스물일곱 살이니 다 컸지. '아빠' 하고 졸졸 따라다닐 때가 엊그제 같은데 참…."

"아 그래! 축하한다. 친구! 그럼 이제 다른 데로 옮길까?"

나는 친구가 우울한 얘기를 한 것 같아 분위기 전환을 위해서 장소를 옮기자며 먼저 일어섰다.

"안 그래도 내가 잘 아는 카페에서 2차로 할까 생각하고 있었어. 더 할 말도 있고"

값을 계산하고 밖으로 나왔다.

밖은 아직도 많은 사람으로 붐볐다.

"친구야 카페 가기에는 아직 이른 시간이 아냐?"

"그러네. 너무 빨리 나온 것 같다."

"아니야. 친구 고미술 경매장에 가볼래? 술도 깰 겸 경매장에서 눈요기 좀 하자."

나는 언뜻 전에 가보았던 경매장이 생각이 났다.

"거기가 어디야, 난 인사동 자주 가는데?"

"맞아 인사동."

"광화문에 있는 카페하고 가까운 거리야. 좋아 가자."

우리는 종로5가에서 인사동까지 걸어서 갔다. 흘러나오는 음악 소리, 손을 잡고 거리는 연인들, 도시의 화려한 불빛은 밤거리를 거니는 우리들을 미지의 세계로 안내하는 듯했다.

2층에 있는 경매장에는 이미 경매가 진행 중이었고 많은 사람으로 앉을 좌석이 없었다. 친구도 이 경매장에 자주 와서 미술품 정보동향을 얻곤 한다고 했다. 우리는 맨 뒤쪽에서 서서 진행 상황을 지켜보았다.

"자~ 다음은 연대가 있는 도자기입니다. 잘 생겼죠. 10만 원부터 시작하겠습니다. 10만, 20만, 50만 … 95만 없으십니까? 그럼 90만 원에 낙찰하겠습니다."

경매사의 유창한 진행으로 참석자들의 감탄사와 함께 박수 소리로 낙찰이 되기도 하고 또 유찰도 되었다. 이날 경매는 미술품도 많았다. 친구는 미술품이 나올 때면 잠시 긴장하기도 했다. 미술평론가답게 경제가 좋을 때는 현대미술이, 불황기에는 근대 및 고미술품이 업계의 속설로 일종의 양극화 현상을 보인다고 했다. 그는 또 우리 미술 시장이 투자나 투기보다는 감상이나 소장 위주가 선진국형 시장으로 가는 바람직한 방향이라고 했다.

인사동 일대는 골동품 가게와 경매장들이 많이 들어서 있다. 고미술 경매장은 민속품을 비롯해 도자기, 그림 등 경매를 기다리는 물건들은 보통 1만 원대에서 몇 천만 원에 이르는 것까지 종류와 개수도 다양하다.

경매장에는 30~40개의 접이식 의자에 앉아 손을 들거나 입찰번호 팻말을 들어서 경매사의 신호에 따라서 입찰에 응하면 된다. 경매장에 갈 때는 본인이 관심 있는 물건에 대하여 미리 염두해 둔다. 경매가 시작되면 쉬지 않고 경매가 계속되기 때문에 경매가 시작되기 전에 미리 와서 그날 경매물건에 대하여 눈도장을 찍어두는 것도 중요하다. 관심 있는 물건이 경매에 나왔을 때는 과감하게 손을 들어 경매에 임해야 한다. 생각을 많이 하거나 우물쭈물하다가는 다른 사람의 물건이 되고 만다.

친구가 알려준 경매 초보자들을 위한 팁이다.

첫째, 인터넷 포털사이트에서 경매장 위치와 경매 시간을 알아낸다.

둘째, 경매는 계속해서 다른 물건이 올라온다. 처음에는 입찰에 참여하지 말고 꾸준히 참석하여 안목을 키우는 것이 좋다.

셋째, 경매 시작 초반부에 저렴한 물건들이 나온다. 이것부터 연습 입찰하여 본다.

넷째, 경매에 대하여 아는 지인과 함께 가거나 지인 또는 경매사가 추천하는 물건을 낙찰 받을 경우 믿을 수 있다.

다섯째, 낙찰 받은 물건을 이유 없이 취소할 경우 낙찰가에서 10% 많게는 30%까지 취소 수수료를 내야 할 경우도 있다.

'아 그렇구나.' 사실 나는 예전에는 쉬는 날이면 가끔 인사동이나 신설동 일대의 풍물시장에 나가 구경하는 것을 좋아했다. 레코드판, 그림, 도자기, 심지어 집에서는 쓰레기로 치부되는 물건들도 여기서는 누군가를 기다리고 있다.

"그만 가자. 너무 늦게 가도 재미없어."

친구가 나서길 재촉했다. 우리는 시간 가는 줄도 모르고 경매하는 재미에 빠져있었다. 서둘러 경매장을 빠져나왔다. 친구가 앞장서서 세종문화회관 뒤편 당주동 카페거리로 향했다.

카페 2층으로 올라가는 계단 아래까지 사람들이 줄을 서 있었다. 카페에 들어가려는 사람들이다. 우리도 줄에 합류했다. 친구가 먼저 올라갔다. 내부 동태를 살피고 온다는 거였다.

"사람들이 너무 많아. 다른 데로 가보자."

친구를 따라 근처의 다른 카페로 갔다. 실내로 들어서니 신나는 음악에 맞춰 사람들이 춤을 추고 있었다. 이곳도 사람들이 많은 것은 마찬가지였다. 친구가 웨이터에게 뭔가 중얼거리고 오더니 손으로 나가자는 신호를 했다. 음악 소리 때문에 아무 말이 들리지 않았다. 우리는 다시 처음 장소로 갔다. 아까보다 줄은 줄어들었지만, 여전히 계단까지 만원이었다.

"여기서 기다려봐 잠깐 들어갔다가 올게."

금세 들어오라고 손짓했다. 화려하게 차려입은 사람들 사이로 카페에 들어섰다. 그리 크지 않는 공간에 귀가 찢어질 듯한 음악 소리와 함께 흐느적거리며 몸을 흔드는 사람들로 꽉 차 있었다.

우리는 발 디딜 틈이 없는 사람들 사이를 비집고 모퉁이 한 코너에 합석을 했다. 이곳은 안내받은 좌석이 술상이고 비좁은

통로가 무대이며 춤추는 무대는 별도로 존재하지 않았다. DJ가 추임새를 넣으며 흥을 돋우자 여기저기 미친 듯이 괴성을 지르며 부둥켜 얼싸안고 음악에 몸을 맡겼다.

우리는 이렇게 신나게 놀며 시간 가는 줄 몰랐다. 나는 중장년들이 가는 곳은 유일하게 콜라텍 정도로 알고 있었다. 그러나 콜라텍이나 성인 나이트클럽과는 또 다르게 부담 없이 신나게 놀 수 있는 공간을 경험하는 것은 처음이었다.

나이가 들어도 이성 탐색을 하는 마음이나, 욕망을 분출할 만한 해방구를 찾는다는 것은 아직 해야 할 일이 있고 건강하다는 증거가 분명한 것 같다.

우리는 아쉬움을 뒤로하고 라이브카페에서 나왔다.

인맥 보험은 내 인생의 폭풍우를 막아준다

"그냥 집에 가기는 그렇고 어디 가서 맥주나 한잔 더하고 헤어지자."

친구는 생일이라 못내 아쉬움이 남아 있는 것 같았다. 우리는 근처의 호프집으로 들어갔다.

"자네와 함께하니까 좋다. 하마터면 생일날 혼자 있을 뻔했잖아. 생각만 해도 아찔하다. 고맙다 친구야."

친구가 함께 있어줘서 고맙다며 환하게 웃었다. 스트레스가 쌓이고 일이 잘 안 풀릴 때면 가끔 라이브카페를 찾는다고 했다. 혼자된 몸이라 어쩌다 한 번쯤은 멋진 여성을 만나 아무 조건 없이 즐거운 시간도 보낸다며 너스레를 떨었다. 친구도 남모를 아픔을 누르며 여태까지 열심히 살아왔다는 것, 그리고 그 진솔함이 나를 돌아보게 하는 백미러로 다가왔다.

"그래도 자네는 친구들 많잖아? 전에 사무실에 왔던 친구들도 있고. 혼자긴 왜 혼자야?"

내가 부드럽게 핀잔을 주었다.

"친구야 아직도 모르겠어?"

그가 갑자기 뚱딴지같은 말을 꺼냈다. 나는 한 동안 그의 얼굴을 뚫어지게 쳐다보았다. 뭘 말하는 건지 알 수가 없었다.

"뭘 말이야? 에이 장난하지 말고"

"뭐 이상한 거 못 느꼈어?"

그가 나를 시험하는 것 같아 머리가 갑자기 하 해지는 것 같았다. 그가 말을 이어갔다.

"내가 왜 매달리듯이 너를 밖에서 보자고 그랬겠어?"

"응? 너?"

그가 갑자기 던지 물음이 약간 당황스러웠다.

"나 태룡이야? 전태룡, 몰라? 중학교 동창?"

나는 아무런 말도 할 수 없었다. 이 친구가 장난치는 줄 알았다.

'우리가 중학교 동창이라고?' 나는 얼굴도 이름도 전혀 생각이 나지 않았다.

"너는 2학년 때 시골에서 전학 왔잖아?"

나는 너무 충격적이라 아무런 말도 할 수가 없었다. 친구가 계속 말을 이어갔다.

"나는 앞쪽에 앉았고 너하고 웅이하고 진식이랑 뒤쪽에 앉았었잖아. 너는 그 애들과 친하게 지내고?"

"너 집이 동문안 사거리에서 작은 슈퍼를 했잖아?"

전부 사실이었다. 그때 나는 시골에서 전학을 왔고 내 책상

주변의 애들하고만 친하게 지냈다. 내가 살던 집까지 소상하게 알고 있다니, 더욱 놀라웠다. 40년이 지났는데 이 친구는 나를 알아봤다. 그래도 나는 태룡이가 전혀 생각이 안나니 미안하기만 했다.

왜 처음부터 아는 채 하지 않았냐고 묻자, 본인도 처음에는 긴가민가했단다. 그리고 며칠이 지나고 다른 동창친구에게 알아봤단다. 무엇보다 나의 사투리에 확신을 가지게 됐단다. 그 후로 몇 번 말할까를 고민하다가 오늘 생일을 맞아 밖에서 만나 술 한 잔 하기로 마음먹었단다.

'미술평론가와 택배기사의 40년만의 해후라니? 세상에 이런 일도 있구나'가 영화 같은 현실이 되었다. 세상은 참 넓고도 좁았다. 이렇게 태룡이와 나는 더욱 가까워졌다.

며칠 후 우리는 또 밖에서 만나 술을 마셨다. 금융사건 이후 친구와 두 번째 맞아보는 해방감이었다. 지난 금융사기 사건만 일어나지 않았다면 정말 행복한 사람이 나일 것만 같았다. 그 일을 생각하니 또 한숨이 나왔다. 나는 누구에게도 말하지 않았던 내가 보이스피싱을 당했다는 것을 태룡이에게 토로하고 싶었다. 가슴 아프고 속상하지만, 창피해서 가족에게도 친구에게도 말 못한 속사정을 이 친구에게만은 털어놓고 싶었다. 그리고 한 마디라도 위로받고 싶었다.

결국 나는 광고를 보고 네이버에 나와 있는 유명한 재테크 전문가라는 사람을 알게 된 경위부터 전부 말해버렸다. 그를 믿어 의심치 않고 그의 권유에 의해 좀 더 크게 돈을 벌어 보려는 욕심에서 대출 그리고 대부까지 받아서 1억 원이 넘는 돈을 송금했는데 '먹튀'하고 말았다는 사실을 말했다. 그래서 대출금과 이자를 갚기 위해서 밤낮으로 여러 가지 일을 하고 있어 쉬지도 못한다고 친형에게 말하듯이 다 말해 버렸다. 다 말하고 나니 속이 후련했다. 룡이는 내 얘기를 진지하게 다 듣고 금방 울 것 같은 얼굴을 하더니 한동안 말을 꺼내지 못했다. 적지 않는 충격을 받는 듯했다. 그는 감정을 억누르며 믿어지지 않는다는 표정으로 말했다.

"경찰에 신고는 했냐?"

그리고 내 손을 꼭 잡았다.

"그동안 많이 힘들었겠다. 잘 해결 될 거야. 너무 가슴 아파하지 마라 친구야."

룡이의 말에 나는 금방 눈물이 핑 돌았다. 매사가 철두철미하고 분명했던 내가 아니었던가. 왜 갑자기 사리판단이 흐려졌을까? 아무리 생각해도 내 자신을 이해할 수 없었다. 이런 황당한 일을 스스로 만들어서 당하다니… 뉴스에서나 듣던 보이스피싱 사기를 내가 당했다는 사실이 꿈인 것만 같았다.

"그래 대출금이 문제겠구나?"

나는 현재 채권 상황을 소상하게 말했다.

"집에서는 이 사실을 아냐?"

"아니 아직 말하지 못했어."

"왜?"

"아내가 심장이 안 좋아. 그리고 집에서 나왔는걸!"

룡이는 또 한 번 놀라는 듯했다.

"먼저 내 나름대로 수습을 좀 하고 자연스럽게 말하려고 해 그리고 집에도 들어가야지."

"자연스러운 것이 뭔데?"

"이런 거지. 현재 하고 있는 여러 가지 일을 계속 유지해서 아무렇지도 않게 쭉 가는 거지. 그렇게 얼마동안 내 스스로 해결해 보려고 해."

"그럼 문제가 없는 거야?"

"아니야. 목표 금액을 만들려고 급하게 대출과 대부를 받아서 이자가 아주 높아. 그리고 원금도 함께 상환해야 해서 여러 군데서 일을 한다고 해도 한 달 생활하는 데 부족해. 부족한 금액은 당분간 카드로 돌려막고 있는 중이야."

"아 그렇겠구나. 그래도 대단하다. 친구야!"

룡이가 잘했다고 칭찬을 해 주더니 자신도 힘들었던 일을 말했다.

"나도 하는 일마다 잘 안 되었어. 전처와 이혼하고 더욱 힘이 들었지. 해놓은 것은 없고 생활을 힘들고 그냥 구차한 삶을 포기할까 생각을 했었지. 그렇게 매일 술로 시간을 보냈어."

'아 그랬구나. 이 친구도 힘들었던 때가 있었구나.'

"마음은 불안하고 초조하고 누군가가 조언을 해 주거나 도움이 절실했거든. 그러나 사방을 둘러봐도 누구 하나 도움의 손길을 내밀어 주는 사람이 없었어."

나는 그의 말에 공감하며 빠져들었다. 그도 맥주로 목을 축이며 계속 말을 이어갔다.

"아마 자네도 느꼈겠지만 수십 명, 아니 수백 명의 전화번호가 저장되어 있지만 정작 편하게 의지할 수 있는 사람이 몇 명이나 되나? 단 한 명도 없다는 사실에 세상을 잘못 살았구나 했지. 지금 내 핸드폰에 저장된 인맥이 모두 쓸모없는 지인들로 내 인생에 긍정적인 영향을 미치지 못한다는 사실 말이야."

'아 그렇구나.'

나는 내 휴대전화를 만지작거렸다.

주소록 1,741개 연락처. 과연 이 많은 지인들 중에 나를 도와줄 사람이 몇이나 있을까?

"그 많은 사람들 중에 그저 쾌락만을 공유할 뿐 고통과 시련을 함께 헤쳐 나갈 수 있는 사람이 없다는 사실에 나는 큰 충격을 받았지."

그는 계속 말을 이어갔다. 나는 그의 말에 깊은 공감하며 고개를 연거푸 끄덕거렸다.

"결국은 나에게 문제가 있다는 사실을 깨달았어. 내가 다른 사람을 도와주지 않았는데 누군가 도와주기를 바란다는 것은 모순이잖아. 인생 농사를 잘못한 거지. 인간관계도 농사하고 똑같다고 생각해. 씨앗을 뿌리고 모종을 하고 비료와 물을 주고 병충해도 예방하고 정성을 다해야 좋은 열매를 맺듯이 말이야. 그날 이후로 내 생각도 많이 변하더라. 기부도 하게 되고 너와 같은 사람들을 보면 남 일 같지가 않아. 너도 지금처럼 난관에 부딪혔을 때 도와주는 이가 없다면 얼마나 가슴아프니? 그래서 미리 사람보험을 들어 보아라. 인맥보험 말이야. 오늘처럼 이렇게 술 몇 잔으로도 그 보험에 가입한 거지."

룡이가 호탕하게 웃었다. 택배 방문차 그의 사무실에서 잠깐씩 얘기를 나누었지만, 오늘처럼 감동받기는 처음이었다. 룡이가 위대해 보였다. 우리는 자정 넘는 시간까지 이야기꽃을 피웠다. 그날 이후 룡이는 나에게 정신적으로나 물질적으로나 많은 도움을 주고 있다. 세상은 어려울 때 이렇게 친구를 만나게 해주다니 이제 나에게도 행운이 찾아온 것 같았다.

아나떡이다 꿈 깨

아래 문자는 최근 하루에 나에게 온 문자들 일부다. 핸드폰 번호가 공개되었다고는 하지만, 공개된 번호가 어찌 나 뿐이겠는가.

[Web 발신]

"(광고) 가난의 시대를 의연하게 우아하게 사는 법 http://alfo.co.kr.kr/31"

"(광고) '아내의 맛'에서 공개한 단기 소액형 재테크는 도대체 어떻게 할 수 있을까? 좌표공개 http://na.to/agwz"

"(광고) 워킹맘 지영 씨가 10주 만에 2억 모은 이야기 https://tr.im/CL1CL"

"(광고) [고객님께서는 'NH농협'에서 지원하는 *특별지원* 하는 대출상품 대상자입니다.]"

"(광고) 대출 특별 '서민지원자금' 소식입니다. *9,000만 원까지 가능합니다. 현재 신청자가 많습니다."

"(광고) 이걸 알고 1년 만에 4억 모은 30대 민정 씨 https://tr.im/

Mainwo"

"(광고) 당일 월변가능! 딱 한 가지만 봅니다. 문의는 kakao ID:bank2020"

"(광고) VIP 네이버 밴드 초대장 gloryband.co.kr/세정"

"(광고) 매일 15만 원 *투잡* 주5일 카톡 문의:cc5566"

"(광고) 아직도 적자 중에 계신가요? 확실한 투자 방법 http://pt.kakao.com/xmxegmxb/51124895"

"(광고) 당일 33분 만에 -->33만 원 TV에 소개되어 화제가 된 이것 n-band-mobile.com/33/10"

현시대 가장 알맞은 재테크 이제는 실천으로 옮기세요.

단기간 재테크 http://bitly.kr/JSwbtFfd

고수의 재테크 http://bitly.kr/K2Uz8od9

내 집 마련 카카오톡 아이디 scv779

60대, 70대 어르신 분들도 손쉬운 수익

누구나 할 수 있는 재테크 투자 방법

♥24시간 친절 상담♥

어제 내 휴대폰으로 온 문자 메시지다. 요즘 행해지고 있는 보이스피싱 1차 접근 방법이다. 이전에 많이 행해졌던 수사기관 사칭은 많은 사람들이 이미 알고 있어서 최근에는 다른 수법을 쓰는 것 같다. 다만 나이 많은 어르신을 상대로 한 전화 보이스피싱은 아직도 많다. 그러나 대상이 나이를 불문하고 불특정 다수들에게 보내지는 문자는 위의 내용처럼 엄청나다. 낚시꾼이 낚시를 하는 것과 같이 그럴싸한 미끼를 뿌려 반응이 있는 대상을 상대로 유혹을 하는 수법이다. 이런 떡밥에 호기심을 가지고 답을 한다거나 반응을 보이면 사기꾼들은 미끼를 물었다고 보고 이후 온갖 방법을 동원하여 설득작전을 펼친다. 돈을 많이 벌어 준다는 내용을 전제로 먼저 자신을 믿게 만드는 작업을 한다. 자신의 이름으로 된 통장을 보여주고 많은 현금을 직접 보여주기도 한다. 심지어는 부모, 남편, 아내, 아이들까지 동원하여 가족사진들을 보여주고 "나는 이렇게 많은 돈을 벌어서 행복하다. 당신도 나처럼 돈을 많이 벌게 해줄게" 하며 철저하게 자신을 믿게 만든다. 어쩌다 호기심 많은 눈먼 물고기들이 덥석 빠져든다.

대출이나 취업을 미끼로 하는 보이스피싱도 꾸준히 늘어나고 있다. 이렇게 매일 수십 개씩 시도 때도 없이 오는 불법 문자 광고와 전화들은 바쁜 시간에 짜증이 나기 마련이다. 이로 인하여 스트레스까지 받을 정도로 심각한 상태이며 전화번호를 신규로 바꿔야 할지 고민할 때 많다.

그중에서 가장 많은 사람들이 사용하는 카카오톡 사례를 들어본다. 처음에는 그런 메시지가 오자마자 바로 삭제를 하였으나 어느 순간 많이 온 문자 중에 자기들끼리 대화하는 내용을 보게 되었다. 그래서 한동안 일부러 삭제하지 않고 어떻게 하는가 보고만 있었다. 먼저 모르는 사람에게서 그룹 채팅(단톡방)으로 정보를 공유하자며 문자가 온다. 이런 문자들은 온 문자의 맨 위 화면에 "가입국가:러시아(+7) 친구로 등록되지 않은 해외 사용자로부터 초대되었습니다. 금전 요구 등으로 인한 피해를 입지 않도록 주의해 주세요. 확인" 이렇게 오는 문자는 100% 사기를 목적으로 유인하는 메시지다. 본 내용은 며칠 전에 실제로 나에게 온 그룹채팅방 내용이다. 참고하기 위하여 사실대로 옮긴다.

송가람: 정말 수익이 나는 건가요?

어떻게 하면 되는 건지. 저기 위 주소로 들어가면 되는 건가요?

수익 좀 내보고 싶긴 한데…. ㅠㅠ

고대원: 링크 눌러 확인하니 주식보다 훨씬 좋은 투자 방법인 것 같아요.

설명 들어보니 하루하루 수익도 가능하고 참여해 보겠습니다. ㅎㅎ

송가람: 내용 괜찮네요.~ 한 번 해 볼만한 것 같아요. 어떻게 하는지는 링크 들어가서 정보 받으면 되는 것 같고 간단하네요.

주식은 저랑 안 맞고 이건 도전해 볼 만한 것 같아요. ㅎㅎ

고대원: 매번 주식으로 손해 보다 좋은 정보 얻었네요. ^^

재경님께서 컨설팅해 주셔서 오늘 배우면서 50만 정도 수익이 났네요. 처음치고는 좋네요. ~

송가람: 저도 오늘부터 처음 배우게 되네요. ㅎㅎ

재경님께서 투자금액에 3~5배 자부하시네요. 정말인지 기대되네요. ㅎ

고대원: 방금 재경님 1:1 개인 리딩 받았는데 오늘 200 수익 났습니다. 대박 ㅋㅋㅋ (돈뭉치 사진)

송가람: 재경님이 너무 친절하게 알려주니 배우기도 쉽고 수익도 너무 잘 나네요. 지금 130만 정도 수익 나고 있어요. ㅎ

실시간 재테크라고 해서 뭔가 했는데 대박 재테크네요. ㅎ

이렇게 홈페이지로 유도하고 불특정 다수에게 메시지를 보내 놓고 연극을 하는 것이다. 사이트도, 이름도, 사진도 도용한 가짜들이다. 모두가 사기이며 불법이다.

위의 내용은 전문 보이스피싱범 일원으로 보이는 이들이 현재도 계속 보낸 실제 내용이다. 나는 이들이 어떻게 하는가 보자는 차원에서 '나가기'를 하지 않고 그대로 지켜보고 있었다. 이들과 통화한 내용을 전부 녹음하거나 이들이 보낸 문자 내용을 전부 보관해서 그 내용을 분석하고 사진이나 동영상도 출처나 배경 등을 분석하여 자료화하고 있다.

최근에는 이들이 올린 사진을 분석하여 실제 확인 전화를 해 보았다.

"여보세요? 안녕하세요? 신화부동산인가요?"

"네. 맞습니다. 어떤 일로 전화 주셨나요?"

"네. 혹시 허창신 사장님 계십니까? "

"네? 그런 사람 없는데요. 왜 그러십니까?"

"네. 확인 좀 해 볼 것이 있어서요. 혹시 그 자리에서 얼마 동안 운영을 하셨어요?"

"아…. 한 10년 넘었어요. 근데 왜 물어보는 겁니까?"

"네. 어떤 사람이 사장님 부동산 이름과 사진을 도용한 것 같습니다."

"예? 그런 일이 있어요."

"네. 별다른 것은 없고요. 그냥 상호하고 사진만 사용한 것 같습니다. 감사합니다."

나는 요점만 확인하고 전화를 끊었다. 그런데 잠시 후 그 부동산에서 전화가 왔다.

"아까 통화했던 부동산인데요. 누가 우리 부동산을 도용했다는 겁니까?"

"아, 네 피해가 있는 것은 아니고요. 어떤 사람이 사장님 부동산 사무실의 사진을 올렸는데요. 거기 간판에 전화번호가 있더라고요. 그래서 그 전화번호를 보고 확인차 전화를 드려본 거예요. 그분은 남자던데요. 사장님은 여자분이시네요. 그러니까 누가 사장님 사무실 사진을 올리고 본인 거라고 한 것입니다. 도용된 것 같습니다."

전화 받는 사람도 자신의 영업장이 도용되었다는데 기분

이 언짢았을 것이다. 이들이 올린 사진은 부동산 사무실의 외부 사진과 사무실 내부 책상에서 업무를 보고 있는 사진이었다. 사진에는 50대 정도로 보이는 남자로 사진 바로 밑에는 신화부동산 대표 허창신라고 쓰여 있었다. 그러나 전화 통화자는 여성분이었다.

이처럼 성명이며 본인 사진 또는 가족사진까지 도용해서 철저하게 속이는 것이다. 웃음이 나오는 것은 돈뭉치 사진이나 돈 관련 동영상들이 이미 다른 사람이 사용했던 것을 또 재탕했다는 사실이다. 사진에 나와 있는 일련번호까지 똑같은 사진들을 그들은 은행에서 찾아서 올린 것처럼 유혹하고 있다.

이런 내용을 처음 접해 본 사람들은 '나도 저렇게 돈을 벌 수도 있겠다.' 하고 강한 유혹을 받게 된다. 나는 이들이 보내온 이런 그룹 채팅 관련 내용과 사진을 모두 버리지 않고 보관하고 있다. 일부러 데이터화해서 활용하고자 하기 때문이다. 이런 내용을 10명이 받게 되면 5명은 그냥 '나가기'를 하고 5명 중의 3명은 어느 정도 진행을 해 보다가 중도에 '나가고' 두 명은 이들에게 먹잇감이 된다고 한다. 다시 말해 '보이스피싱'을 당하는 것

이다. 이처럼 강하게 돈으로 유혹하는데 돈이 급하게 필요하다거나 호기심이 있는 사람들은 전화를 받아 응하게 되거나 문자메시지대로 실행한다면 피싱 사이트가 기다리고 있다. 이 상황에서 악성코드에 감염되거나 피싱범들이 이미 만들어 놓은 덫에 자신도 모르게 빠져들게 된다.

이처럼 두 명 정도는 자신이 처한 상황에서 이미 굳은 믿음이 생겨 버린다. 따라서 보이스피싱이라거나 다른 부정적인 것은 생각하지 않게 되고 피싱범의 말을 하늘의 계시처럼 받들게 된다. 이미 마법에 걸린 것이다.

아무도 도와주지 않아, 스스로가 조심해야 하는 것

피싱범이 알려준 특정 기관의 사이트로 접속하였다면 그 특정기관의 사이트와 똑같은 가짜 사이트가 나타난다. 이 화면이 가짜 사이트인지는 꿈에도 모르고 화면의 지시대로 또는 문자가 온 그대로 따르게 된다. 여기서 이 죽음의 마법이 깨어나지 않은 이상은 100% 속을 수밖에 없다. 만약에 마법에서 깨어났다면 또는 제정신이라면 최소 몇 가지는 알아차릴 수 있을 것이다.

첫째, 도메인이다. 우리나라 정부 기관은 'go.kr, org' 등을 사용한다. 일반적인 도메인 사이트는 '.com, net, org, co.kr' 등을 사용한다. 정부 기관 홈페이지를 안내했다면 판별할 수 있다.

둘째, 일반적인 정식 홈페이지들은 각종 보안프로그램 모듈을 설치하라는 메시지가 뜬다. 그러나 피싱사이트는 접속 시 이러한 모듈이 실행되지 않는다.

셋째, 메뉴의 구성이라든지 그림이나 글자 배열이 조잡하거나 깨짐 현상이 있다.

넷째, 개인 정보를 입력하라는 메시지가 뜨고 등록창이 나온다.

"아래 입력하신 개인 정보는 안전조치와 본인 금융 재산과 도용 방지를 위해 엄격한 보호를 해드리기 때문에 상세하고 정확히 입력하십시오."

내 정보를 안다고 하면서 개인 정보를 입력하라고 한다. 정보를 입력하고 등록 버튼을 눌렀다면, 범죄자에게 개인 정보가 모두 전송되어 현금 인출은 물론 카드 대출, 이름과 주민등록번호를 도용하여 더 큰 피해를 보게 된다.

나는 사건이 발생하고 2주 후 피싱범들을 사기죄로 검찰청에 고소장을 제출했다. 피의자는 미상으로 했다. 그러나 입금했던 통장주와 입금명세 등 여러 정황의 자료를 함께 제출했다. 사건 특성상 통장주의 계좌 추적이나 사이트의 아이피를 추적해서 단서를 잡을 수밖에 없어 범인 검거가 쉽지는 않을 것이라 예상은 했었다. 그러나 수사당국의 첨단화된 시스템이나 경찰의 노력 또한 시대적 변화에 따라 긍정적으로 보았기 때문에 일말의 기대를 하고 있었다.

4개월 동안 한 번의 연락도 없었다. 단지 사건이 관할 경찰서로 이관되었다는 문자만 왔었다. 그리고 최근에 피의자를 찾지 못해 '기소 중지' 처분을 내렸단다. 이럴 수가 있구나. 피해자를 불러서 한 마디도 묻지도 않고 결론을 내려 버리다니….
그나마 다행일까? 계속해서 범인들은 잡을 수가 있으니, 역시 이런 유의 사건들이 그렇게 결론이 나온다. 흔하게 말하는 "서버가 해외에 있어서 찾을 수가 없다"라거나 "범죄자들이 점조직으로 이루어져 있어서 잡을 수가 없다"라는 뻔한 이유다.

내가 생각하기에는 수사를 착수하지도 않았을 것으로 생각한다. 그 이유는 내가 관할 경찰서로 수십 번 전화를 했다. 진행 상황이 궁금했기 때문이었다. 그러나 전화 연결은 되지 않았고, 어쩌다 한번 연결이 되면 관련 없는 사람이 받았다. 내 사건 담당자는 항시 바빠서 자리에 없었다. 물론 이해가 안 되는 것은 아니다. 그러나 피해자에게 전화 한 통이라도 해서 '이래저래 하니 이렇게 되었다.'라고 말하면 훨씬 신뢰가 가고 위로가 되었을 것이다.

또 '1332'번으로 전화도 해 보았다. 금융감독원 보이스피싱 신고 전화다. 자초지종을 말하고 이런 피해를 봐서 전화로 신고를 해야 할 것 같아서 전화했다고 말했다. 담당자는 다 들어보지도 않고 말하는 중간에 사기 건으로 경찰서에 신고하라고 했다. 나는 간절한 마음으로 재차 물었다.

"저에게 어떤 도움이 될 만한 것이 있을까요?"

"저희가 해 드릴 것은 아무것도 없습니다. 경찰서에서 도움을 받기 바랍니다."

이 말만 했다. 그리고 전화를 끊어 줬으면 하는 듯 아무런 말이 없었다. 나도 더 할 말이 없었다. '괜히 전화했구나.' 또 한 번 절망감을 느꼈다. '1332로 전화하라면서?' '내가 당한 것은 금융사기가 아닌가?' 다시 인터넷 검색을 통하여 확인해 보았다. 분명 금융사기가 맞았다. 단지 기존의 행해졌던 전화 수법이 아닌 문자와 사기범들이 만들어 놓은 사이트로 유도해서 돈을 뜯어내는 혼합된 피싱이었다. 아마 단순 금융사기로 보는 것 같았다. 아무리 사건이 금감원이 취급하는 사건에 해당하지 않다고 하더라도 '본 건은 이래저래 해서 본원이 취급하는 사건과 달라서 도움을 못 준다'라고 말해야 하지 않을까? 나 같았으면 그렇게 말했을 같다. 말 한 마디가 사람의 기분을 좋게 하고 나쁘게 하며 그 사람 또는 그 기관을 평가하게 된다. 하나를 보면 열을 안다. 대한민국 최고의 금융기관, 금감원의 첫인상은 빵점이다. 담당 부서도 교육이 필요해 보였다.

사람들은 이런 사건을 경험하고 나면 몸도 마음도 최저치로 약해져 있다. 그 상태에서 손을 내밀어 주고 위로의 말 한 마디가 큰 힘으로 작용한다. 그래서 이런 사소한 것에 감동하고 좋은 이미지를 남기게 된다.

'꿈 깨'

'경찰 나리가 왜 너를 생각해 주냐?'

'금감원이 왜 너에게 도움을 주냐?'

'너 말고도 할 일이 얼마나 많은데?'

어디선가 들릴 것 같다. 내가 사는 나라. 내가 사는 동네는 살기 좋은 나라도 동네가 아닌 것 같다.

"보이스피싱에 걸려든 사람들의 돈을 받아 윗선에 넘기는 행동책으로 활동한 20대 초반 중국인 유학생들이 무죄 선고를 받았습니다."

얼마 전 KBS 뉴스 멘트다. 이들 두 명은 보이스피싱 조직의 지시를 받고 사기 피해자에게서 2천만 원씩을 받아 송금한 등의 혐의를 받고 있었다.

"검찰은 이들이 평범한 시민인 피해자가 준 거액을 받으면서 '이상하다'라는 느낌이 들었다고 조사에서 인정했고, 이미 여러 해 한국에서 지내면서 보이스피싱이 만연한 실정을 몰랐을 리 없다는 등의 근거를 제시하며 범죄 의도가 있었다고 주장했다."

그러나 재판부는 "행동책을 잡아서 엄중 처벌을 해 봐야 근본적인 보이스피싱 범죄 예방에는 조금도 도움이 되지 않는다는 겁니다. 재판부는 보이스피싱 주범이 잡히는 경우가 거의 없어 행동책에게도 주범과 거의 같은 수준의 양형이 선고되고 있다는 데 우려를 표했습니다."

재판부가 설명한 세 가지 이유다.

첫 번째 가장 큰 이유는 주범 억제 효과가 없다는 거다. 재판부는 행동책들이 주범들과 사전에 면식이 있거나 관계가 있는 지인들이 아니고 국내의 아르바이트 시장에서 무한대로 조달될 수 있는 저렴한 '일회용 도구'에 불과하다고 강조하고 또 이들은 미련 없이 버리는 '대포 통장'과 같은 존재라고 했다.

두 번째는 재판부는 행동책이 체포되면 보이스피싱 범죄 조직원이 체포됐다고 발표하고는 사건을 종결짓고, 주범에 대해서는 전혀 수사하지 않는다는 것이다.

마지막은 피고인들 같은 행동책이 또 나오지 않기 위한 방지 대책을 주문했다. 형벌의 목적 중 하나는 일반인에 대한 범죄 예방 효과인데, 현재의 보이스피싱 사건들에서는 그런 효과가 나타나지 않는다는 것이다.

서울동부지법 판결문이다.

"행동책은 아르바이트 시장에서 무한대로 조달될 수 있는 '일회용 도구'에 불과, 지급 정지될 경우 미련 없이 버리면 되는 '대포 계좌'와 같은 것."

"수많은 실직자나 최저 임금 수준에서 일하는 우리의 청년들이 쉽게 잠재적 도구가 될 수 있음에도 이를 방지하기 위한 홍보는 전혀 되지 않아."

피해자로서 보이스피싱 범죄자들을 묵인해 준 한심하기 짝이 없는 판결이라 하니 할 수 없다. 도리어 범죄자들에게 범죄가 아니니 계속해도 된다고 조언하는 판결 같아 보인다. 내가 사는 나라는 살기 좋은 나라가 아닌 것 같다. 세계 최강의 디지털 강국 대한민국 경찰과 검찰 그리고 사법부의 현실이다. 참 아쉽다.

정보통신기술 발달과 더불어 사람들이 생활 속에서 이동전화는 24시간 함께하는 필수품이 되어버렸다. 이동전화 가입자 수가 인구보다 훨씬 넘어선지 이미 오래되었다. 생활의 필수품이 되어버린 편리성을 넘어 손안에 스마트폰 하나면 모든 세상과 통하는 마법의 도구가 되어 버렸다. 이와 맞물려 보이스피싱도 그에 편승해 독버섯처럼 커져 나나고 있다. 최근에는 보이스피싱 전화가 걸려오는 것을 미연에 방지하는 필터링 시스템이 도입되고 있지만 날로 지능화 되어 발전하는 그들의 수법은 어쩔 수 없는 실정이다.

결론은 평소에 경각심을 갖고 본인 스스로가 조심하는 수밖에 없다.

보이스피싱범, '가짜 박ㅊ욱'을 수배한다.

온 우주가 당신을 용서하지 않을 것이다.

4장

미래는 나의 것

금융사기, 당신도 예외일 수 없다

내가 조사한 바로는 보이스피싱 범행은 대부분 중국의 천진이나 하얼빈, 필리핀 등 관련 범죄 조직 본거지에서 이뤄지는 경우가 많다. 팀으로 이뤄져 있으며 최근에는 대부분 한국에서 중국 등으로 건너간 한국인 조직에 의해 준비한 매뉴얼에 따라 범행이 이루어지고 있다.

관련 기관과 경찰의 단속 강화에도 사건 수는 꾸준히 증가하는 추세다. 빠르게 진화하는 범죄 수법도 문제이지만, 이처럼 보이스피싱 조직 본거지가 해외에 있어 국제공조수사에 의지할 수밖에 없는 점이 수사의 가장 큰 어려움이라는 것이다.

수사기법의 발달로 범죄 검거율도 늘고 있지만 잡아들이는 조직원 대부분이 주로 국내에서 활동하는 현금 인출책 등 말단이다. 해외에 거점을 둔 전체 조직 검거나 '머리' 검거로 이어지는 경우는 드물다.

보이스피싱 조직은 콜센터 · 통장 모집책 · 인출책 · 송출책 등이 점조직 형태로 구성된다. 주로 총책과 콜센터 조직원은 해외에 거주하고 통장모집책 · 인출책 · 송출책 등은 국내에서 개별적으로 활동한다. 인출책 등 말단을 검거해도 콜센터 조직원 이상급 몸통으로 향하지 못하는 것도 이 때문이다.

이미 피해를 본 경우라면 기본적으로는 구제할 수 없다. 대부분 자금이 입금되면 곧바로 해외로 송출되는 경우가 많기 때문에 이를 찾을 방법은 없다. 그래서 한편으로는 일부 국가들처럼 금융기관이 일정 금액을 보상해야 되지 않느냐는 주장에 대해 최근 발표에 의하면 금융기관 측과 협의 중인데 어느 정도 보상을 하는 쪽으로 결론이 나왔다. 그러나 도덕적 해이라든가 이것을 악용해서 또 다른 사기가 발생할 수 있는 문제가 발생할 수 있기 때문에 보다 더 깊은 대책이 필요할 것으로 보인다.

우리가 사는 동안 인터넷과 전화는 반드시 필요한 삶의 일부로서 앞으로 훨씬 더 발전할 것이다. SNS는 개인 간의 소통뿐만 아니라 모든 인간관계에서 소통의 도구가 되어버렸다. 그러나 이 과정에서 개인 정보 수집은 필수가 되었다. 따라서 개인 정보들이 유출 또는 노출되는 것도 있는 것이 사실이다. 그것의 폐단으로 생겨난 것이 보이스피싱 사기 범죄이다.

SNS가 발전할수록 보이스피싱 사기도 더 진화를 거듭하고 있는 것이 현실이다. 그렇다고 현대사회의 흐름 도구가 되어 버린 SNS의 사용을 못하게 할 수는 없는 노릇이다. 그렇다면 어떻게 해야 할까? 지금 이 순간에도 나처럼 억울하게 피해를 입고 정신적 공황과 경제적으로 어려움에 처해 있는 상황을 방치해야만 할까?

경험자로서 말하면 개인들이 좀 더 신중하고 주의해야 한다는 것이다. 나도 당하기 전에는 '설마 내가 보이스피싱을 당하겠어'라는 절대적인 생각이 잠재돼 있었다. 보이스피싱을 당하는 사람들은 뭔가 어리숙하거나 판단력이 약한 노인들을 대상으로 한 사기 범죄라는 인식이 무색하게 지금은 노인은 물론 대학생, 직장인, 가정주부 등 모두를 타깃으로 한다. 누구든 상황이 맞아떨어진다면 당할 수밖에 없는 것이다.

낚시꾼들이 온갖 맛 좋은 낚싯밥으로 물고기들을 유혹하는데 말 그대로 나는 배고픈 물고기였던 것이다. 피싱범들은 대상을 귀신같이 찾아낸다. 대상들은 경제력도 어느 정도 있고 또 자금을 모을 수 있는 능력이 있다는 정보를 미리 알고 접근한다는 사실이다. 지금 생각하면 어리석기 짝이 없는 노릇이지만 나도 그 대상이었기 때문이다.

다시 말하지만 보이스피싱 피해를 차단하는 가장 효과적인 방법은 예방이다. 그동안 정부나 관계 기관에서 보이스피싱을 예방하기 위한 대책들이 있다. '국제전화 알림 표시' '발송 문자메시지 식별기호 표시 및 고유번호 부여' 등이다. 대부분 범죄자들은 전화번호를 변조하여 전화를 하거나 문자를 보내 미끼를 던진다. 이처럼 모르는 전화가 걸려오면 발신 전화번호를 먼저 파악을 해야 한다. 나도 문자가 왔을 때 이것을 대수롭지 않게 생각을 해서 이런 변을 당했다.

최근에 개발된 보이스피싱 차단 어플들은 특허를 받고 피싱 사기를 막아줄 역할을 하고 있다. 몇 가지를 소개한다. 각자의 휴대폰에 설치되어 있는 '플레이 스토아'에서 검색하면 나온다. 이중 신뢰가 가는 어플을 선택하여 기초적인 방패로 사용하기 바란다.

- CallApp: 발신자 차단 정보로 연락처가 없어도 누가 전화했는지 알 수 있다. 녹음 기능, 화상 통화 기능 등도 있다.
- 스마트 피싱 보호: 피싱 차단, 보이스피싱, 스미싱, 메신저피싱, 몸캠피싱, 피싱제로, 원격 사기, 악성코드 앱 등 신종 금융 사기 피해를 예방하는 앱이다.
- 후후: 발신자 정보를 알려준다. 보이스피싱, 스미싱 등 사기전화의 간증성을 알 수 있다.
- 후스콜: 스팸 차단 앱이다. 귀찮은 스팸전화를 알려주고 위험한 보이스피싱도 차단한다. 경찰청, 금감원과 함께하는 스팸 차단 앱이다.
- 비토(VITO): 통화 녹음 사용자라면 통화 내용을 메신저처럼 확인이 가능하다. 폰에 저장된 녹음파일을 최신 인공 지능 기술로 분석하여 텍스트로 보여준다.
- T전화: 통신사 상관없이 사용 가능하다. T전화 스팸 차단,

114검색, 영상통화, 로밍, 테마, 자동 녹음 등의 편리한 기능이 있다.

- 더치트: 금융사기, 인터넷 사기, 보이스피싱, 스팸방지 등 국내 최초의 사기 피해 정보 공유 서비스이다. SMS 및 통화 수신 시 발신자 번호에 금융사기 감지 기능을 제공한다.
- 뭐야이번호: 스팸 차단 인공지능 앱이다. 모르는 번호가 궁금하거나 스팸전화가 싫을 때, 쉽고 간편하게 누구든지 사용할 수 있는 스팸 차단 앱이다.
- 그 밖에 KT 스팸 차단 앱, NH 피싱제로, IBK 피싱 스톱, 경찰청폴 안티 스파이, 경찰청 사이버 캅, U+스팸 차단 앱 등 많은 앱이 있다. 보이스피싱은 갈수록 지능화되면서 이를 막기 위한 보안 기술도 점점 지능화되고 있다.

일반 사람들이 공공기관에 대해 갖는 신뢰감을 이용한 새로운 유형의 범죄는 피해자들에게 직접적인 경제적 피해를 야기할 뿐만 아니라, 공적 신뢰의 훼손, 타인에 대한 불신, 낯선 전화번호에 대한 두려움을 유발하여 사회적 비용의 증가가 초래하고 있다.

보이스피싱은 주로 범죄조직이 철저한 점조직으로 구성되어 있고, 해외에 거점을 두고 있어 계좌 추적을 통한 통장 명의자 검거만으로는 추적 검거에 한계가 있다. 그리고 카드론 대출을 이용하거나, 공공기관 사이트 도용, 출입국관리사무소 사칭 등 보이스피싱 유형 및 수법이 지속적으로 변화하고 있어 수사에 어려움이 있다고 한다. 또한, 인터넷 전화 등을 통해 해외에서 걸려오는 전화번호가 국내에서 실제 사용되는 공공기관 전화번호로 변작되어 전화가 걸려오고 있어 피해자가 쉽게 속는 문제가 발생하고 있다.

수사기관이나 금융기관 등 공공기관을 사칭하는 전화번호 발신번호를 변작하는 등 명백하게 악의적인 목적으로 국내로 들어오는 국제전화를 원천적으로 차단한다면 보이스피싱 예방에 효과가 클 것으로 예상된다. 그러나 현행 전기통신사업법에서는 영리 목적으로 전화번호 변작하는 행위를 해서는 안 된다는 규정만 있어 변작된 국제전화를 차단할 수 있는 법적 근거가 미흡한 실정이다.

최근에 발생하는 이용자 전화사기는 주로 발신번호 변작이 용이한 인터넷전화 이용하며, 기간 통신 사업자에 비해 사업규모가 작고 통신시스템 관리가 상대적으로 허술한 별정통신사업자를 경우하고 있다.

인터넷전화는 기술 특성상 발신번호의 변작이 용이하며, 고의적으로 국내 IP 주소를 바꿔 보낼 경우 통신 사업자의 국제전화 식별 및 수사기관의 추적이 곤란하다는 문제가 있다.

또한 보이스피싱의 범죄 수법이 끊임없이 진화하는 특성을 보인다. 자신들의 수법이 널리 알려졌다고 판단되면, 사칭기관이나 유인 방법을 달리하면서 새로운 수법으로 옮겨가고 있다.

유인 방법은 초기에는 주로 전화를 이용하였으나, 앞장에서 설명하였듯이 최근에는 휴대폰 문자메시지를 이용하는 수법들이 늘어나고 있다. 그리고 전화금융 사기에 대한 예방과 단속활동이 강화되자, 해킹 등을 통해 타인의 메신저 아이디를 도용하고 지인으로 등록되어 있는 사람인 것처럼 속여 돈을 요구하는 소위 '메신저 피싱'이 새롭게 등장하여 선량한 사람들을 유혹하고 있다.

보이스피싱범들은 다음과 같은 흐름으로 범죄를 저지른다

① 사기 이용 번호 확보 ⇒ ② 전화나 SNS 시도 ⇒ ③ 유혹, 기망 및 공갈 ⇒ ④ 송금 또는 계좌이체 ⇒ ⑤ 현금 인출 ⇒ ⑥ 피해

또 피싱사이트로 유도하는 흐름도는 다음과 같다.

① 사기 이용 번호 확보 ⇒ ② 악성코드 유포, 피싱사이트 유도 ⇒ ③ 피싱사이트로 금융거래 정보 편취 ⇒ ④ 송금 또는 계좌이체 ⇒ ⑤ 현금 인출 ⇒ ⑥ 피해

보이스피싱 피해 신고 및 피해 상담

① 지급 정지 요청: 경찰청 112 콜센터, 금융회사 콜센터

② 피해 구제 신청서 제출: 금융회사

③ 피싱사이트 신고: 한국 인터넷진흥원 118, 금융감독원 1332

④ 피해 상담 및 환급 제도 안내: 금융감독원 1332

보이스피싱 피해 신고 및 피해금 환급절차

- 보이스피싱 피해자: 경찰청 112센터에 보이스피싱 피해 신고
- 경찰청: 피해자의 신고전화를 사기범 계좌 보유 금융회사에 연결
- 경찰청과 금융회사 간 핫라인 이용: 금융회사는 즉시 지급정지 조치
- 보이스피싱 피해자: 지급정지 금융회사에 '피해 구제 신청서' 제출
- 금융회사: 금융감독원에 사기범 계좌에 대한 채권소멸절차 개시 공고 요청
- 금융감독원: 홈페이지에 2개월간 채권소멸절차 개시 공고 후 피해자별 피해 환급금을 결정하여 금융회사에 통보
- 금융회사: 피해자에게 피해금 환급(피해자 계좌에 입금) ⇒ 피해 구제 신청서 제출 이후 3개월 이내 피해금 지급 완료

금융감독원 보이스피싱 지킴이 사이트
(http://phishing-keeper.fss.or.kr/fss/vstop/main.jsp)

주요 피해 유형 분석

• 과거부터 지속되고 있는 보이스피싱

– (수사, 공공기관 사칭) 피해자를 기망하여 ATM 조작을 유인

– 특이 형태의 기망으로 피해자가 자금을 이체토록 유인

– 자녀 납치 및 사고 빙자 편치

– 메신저 피싱

• 최근 발생하고 있는 보이스피싱

– ARS를 이용한 카드론 대금 편취

– 인터넷 뱅킹을 이용한 카드론 대금 예금 편치

– 상황극 연출을 의한 피해자 기망

• 현재 유행되는 있는 보이스피싱

– 저금리로 대출금 상환 또는 분양대금 입금 요구

– 총선 또는 국가적 이슈 정국을 이용한 여론조사 빙자 편치

– 카드론 이외의 비대면 대출상품 등에 의한 편취

– 카톡 문자를 이용한 특정 사이트 유도

– 대출을 빙자한 체크카드 요구

또 좋은 방법은 스팸문자나 메일 등에 시달릴 경우 한국 인터넷진흥원 불법스팸대응센터를 이용할 수 있다. 한국 인터넷진흥원 불법스팸대응센터(http://spam.kisa.or.kr)에서는 스팸 차단 방법 등을 안내하고 불법스팸의 신고를 연중 접수해 처리하고 있다. 또한 스팸 상담과 불법스팸 대응 방법, 불법스팸 신고 프로그램 등을 제공하고 있다. 휴대폰에서 간단한 버튼 조작만으로 스팸물 신고할 수 있는 무료 서비스이며, 신고 시 한국 인터넷진흥원 불법스팸대응센터로 신고 된다.

신고 방법은 ① 스팸 메시지를 1~2초 정도 꾹 누르면 팝업창이 나타난다. ② 메시지 옵션 메뉴의 '스팸 신고'를 선택한다. ③ '확인' 버튼을 누르면 스팸문자가 KISA에 자동 신고되며, 별도의 요금은 부과되지 않는다. *SKT, KT, LG U+ 단말기 대부분이 동일하다.

• 스팸 신고 처리 절차

- 스팸 신고: 국번 없이 118, 홈페이지(spam.kisa.or.kr), 스팸캅(간편신고 프로그램), 휴대전화 단말기 간편신고 서비스
- 신고 접수 및 사실 확인: 신고 접수 후 해당 스팸이 법을 위반했는지에 대한 확인
- 신고 처리: 법 위반의 정도에 따라 과태료 또는 수사(1,000만 원 벌금 또는 1년 이하의 징역) 의뢰

※ 스팸캅(SPAMCOP)

한국 인터넷진흥원에서 자체 개발한 불법스팸 신고 프로그램으로, 불법스팸대응센터 홈페이지에서 내려 받을 수 있다. 스팸캅은 개인 정보를 매번 입력하지 않아도 신고가 가능하다.

※ 휴대전화 단말기 간편신고 서비스

휴대폰에서 간단한 버튼 조작만으로 스팸을 신고할 수 있는 무료 서비스이며, 신고 시 한국 인터넷진흥원 불법스팸대응센터로 신고가 된다.

불법스팸대응센터 홈페이지의 '신고결과 확인'에서 신고 내역 및 처리 결과를 확인 가능하다.

• 휴대전화 광고 수신 거부 서비스

성인 · 대리운전 사업자가 광고 발송 전, 불법스팸대응센터로 스팸을 신고한 신고인의 휴대전화 번호를 사업자의 광고 발송

대상 목록에서 제외할 수 있도록 지원하는 서비스다.
해당 번호는 사업자에게 제공되지 않으며, 단지 사업자의 광고 발송대상에서 제외해 주는 것이다.
이 서비스는 법률적 강제 사항이 아닌 사업자 자율로 시행되며, 성인 · 대리운전 스팸 신고 이후에도 해당 광고를 재수신할 수 있다.
성인(무선인터넷 · 음성정보 서비스(060) 포함) 및 대리운전 업체의 광고 수신 시 불법스팸대응센터 수신 거부 서비스 메뉴에서 수신 거부 신청하면 되고 신청 후 24시간 이내 반영된다.

• 스팸 방지 수칙

휴대전화 스팸 방지 수칙
① 이동통신사에서 제공하는 스팸 차단 서비스(무료) 신청하기
② 단말기의 스팸 차단 기능을 적극 활용하기
③ 불필요한 전화 광고 수신에 동의하지 않고, 전화번호가 공개 유출되지 않도록 철저히 관리하기
④ 스팸으로 의심되는 경우 응답하지 않고, 스팸을 통해서는 제품 구매나 서비스 이용하지 않기
⑤ 불법 스팸은 휴대폰의 간편 신고 기능 등을 이용해 e콜센터 국번 없이 118(spam.kisa.or.kr)로 신고하기

• 이메일 스팸 방지 수칙

① 이메일 서비스에서 제공하거나 프로그램 자체에 내장된 스팸 차단 기능을 적극 활용하기

② 미성년자는 포털의 청소년 전용 계정을 이용하기

③ 불필요한 광고메일 수신에 동의하지 않고, 웹사이트 · 게시판 등에 이메일 주소를 남기지 않기

④ 스팸으로 의심되는 경우 열어보지 않고, 스팸을 통해서는 제품 구매나 서비스 이용을 하지 않기

⑤ 불법 스팸은 e콜센터 국번 없이 118(spam.kisa.or.kr)로 신고하기

• 스팸 수신 거부 방법

– 수신한 광고성 정보 내에 표기돼 있는 수신 거부 방법에 따라 수신 거부

※ 수신 거부 방법이 표기돼 있지 않은 경우 불법스팸대응 센터로 신고하면 된다.

– 회원 가입한 사이트에 로그인해 광고성 정보 수신 동의 체크 해지 혹은 수신 거부 체크

※ e프라이버시 클린서비스(https://www.eprivacy.go.kr/juminProcAgree.do)를 통해 본인이 가입한 웹사이트 확인 후 로그인해 광고성 정보 수신 동의 체크 해지 혹은 수신 거부 체

크하면 된다.

(출처; 불법스팸대응 센터 https://spam.kisa.or.kr/integration/main.do)

그 밖의 예방 대책으로는 다음과 같다.

첫째, 개인 정보 유출 방지이다. 인터넷 포털사이트, 온라인 쇼핑몰을 비롯하여 공공기관까지 개인 정보를 요구한다. 가끔씩 뉴스에 나오듯 유출되는 경우도 있어 보이스피싱으로 악용할 우려를 배제할 수 없다. 따라서 필수사항만 기록하고 본인 스스로가 관리를 해야 할 필요가 있다.

둘째, 남녀노소 누구에게나 홍보와 교육이 필요하다. 최근 보이스피싱의 대상은 남녀노소를 가리지 않고 첨단화 고도화된 모든 방법을 동원하여 우리 곁에서 유혹하고 있다. 모르는 전화나 문자가 왔을 때는 먼저 확인해 보는 습관이 필요하며 가능한 한 대응하지 않는 것이 좋다.

셋째, 금융, 공공기관에서 마련하는 신설 분야에 대응한다. 요즘같이 국가적으로 경제가 어렵고 위기가 왔을 때 '정부 지원 대출' 또는 '저금리 상환 대출'이니 하면서 서민들을 속이는 수법은 보이스피싱범들이 악용할 수 있다.

방송통신위원회는 한국 인터넷진흥원과 연계하여 최근 급증하고 있는 문자메시지, 가짜 홈페이지 등을 연계한 피싱 사기에 대한 피싱 대책을 마련하고 이를 단계적으로 시행 중이다.

① 휴대전화에서 보내는 문자메시지의 발신번호 변경 제한

② 인터넷에서 발송되는 피싱 문자 차단

③ 인터넷 발송 문자메시지 식별기호 표시 및 고유번호 부여

④ 공공기관 등 사칭 국제전화번호 차단

⑤ 피싱에 이용된 가입자 회선 해지 등 피해 확산 차단

⑥ 국제전화 알림 및 수신거부 서비스 제공

⑦ 메신저 가입 인증 강화 및 피싱 방지 자가 점검 리스트 제공

⑧ 피싱사이트 신고 절차 개선 및 차단 강화

위험한 재테크는 하지 말자

부채를 지는 원인 중 2~3위가 재테크 목적이라고 한다. 과연 재테크를 빚까지 지면서 하는 사람이 있을까라고 반문하는 사람들도 있을 것이다. 그러나 믿을 수 없겠지만 그럴듯한 광고 혹은 지인의 소개로 엄청난 수익을 올린다는 말만 믿고 거금을 대출받아 투자하는 사람들이 많다는 사실이다. 좀 더 냉정하게 바라보면 누구나 고개를 갸우뚱할 만한 이야기인데도 그 순간만큼은 절대적인 사실로 받아들인다. 평상시에 돈 될 만한 꺼리를 찾은 나도 역시 같은 케이스였다.

투자는 수익을 기대하며 위험을 감수하는 것을 의미하기도 한다. 위험이 큰 만큼 그에 따른 수익도 큰 것이다. 어떤 사람은 큰 위험에 도전하기도 하지만, 어떤 사람은 아주 작은 위험만으로도 수익만 나면 좋겠다는 사람도 있다. 여기까지의 계획은 좋았다고 하자. 의사가 몸 상태를 검진해 치료 하고 처방전을 내리듯이 재테크도 금융 컨설턴트를 통해 재무상담이나 재무 검진을 하고 안정적인 투자방법을 찾는 것은 옳은 일이다.

그러나 흔히 말하는 '지인이 추천해 줘서' '펀드매니저가 해

줘서' 등 그저 누가 좋다고 하더라를 믿고 '묻지마 투자'로 맡긴다는 것은 '그 돈을 너 알아서 해라'와 같은 말이다. 펀드매니저는 자신의 전문지식에 기초하여 독자적인 투자판단을 내린다. 그 누가 여유자금이 넘쳐나서 '너 멋대로 하라'하겠는가. 그것도 대출과 대부까지 써가면서. 나를 제일 잘 아는 사람은 나 자신이다. 나는 어떤 목표 달성을 위하여 이렇게 절박하고 절실한데 상대방을 그 깊은 뜻을 어찌 알겠는가.

나는 빚을 갚기 위한 첫 번째 방법으로 현금 흐름을 만들어야 한다고 생각했다. 왕도는 없다. 일단 추가적인 수입원을 만들어야 했다. 현재의 직장에서 더 많은 수입을 올릴 수 있는 방법과 추가적인 수입을 올릴 수 있는 방법을 찾았다. 그것은 조기 출근과 연장수당이다. 이러한 방법은 처음에 막연하지만 상사와 동료에게 부탁을 하면 충분히 가능한 일이다. 또 가까운 것부터 생각하고 인터넷과 지인들과 상담을 통한다면 수입원을 찾는 데 도움이 될 것이다. 만약 직장을 잃은 상태라면 일자리를 구하기 위하여 더욱 열심히 뛰어다녀 봐야 할 것이다. 택배일, 영화 관련 일, 크몽, 탈잉 등은 내 본업 외 시간을 쪼개 부업으로 하는 일들이 그것이다.

불필요한 생활습관을 과감하게 버려야 한다. 매월 벌어들이는 소득보다 더 많은 돈을 지출하고 있다면 빚으로부터 영원히 벗어나지 못한다. 나는 이 사건 이후로 자주 가는 커피숍을 거의 가지 않았다. 커피 한 잔이라도 덜 마셨고 각종 모임이나 술자리에도 거의 가지 않았다. 술 한잔 마시게 되면 나중에 또 내가 사야 되고 계속 이어지기 때문이었다. 당분간은 활동도 자제하는 것이 장기적으로 도움이 된다는 마음가짐을 한 것이다. 빚으로부터 벗어난다는 것은 생활습관의 변화를 요구한다.

금융상품에 대하여 공부가 필요하다. 자신의 목표와 성향을 안다면, 이에 해당하는 상품을 공부할 필요가 있다. 나도 가장 중요한 부분에서 '전문가가 알아서 해 주겠지'라고 소홀히 생각해 버렸다. 그 결과 이렇게 돌이킬 수 없는 사태가 되어 버린 것이다. 스스로 계획서를 짜보고 재테크 서적, 관련 유튜브, 금융사 사이트 등에서 상품 정보를 공부해야 한다.

이 시대를 살아가기 위해서는 개인 신용등급이 자산이다. 모든 금융거래에는 개인 신용등급과 관련되어 있다. 금융회사들은 신용등급으로 대출과 금리를 결정하고 신용카드를 발급해 주며 자료로 활용하기 때문에 신용관리는 아주 중요한 삶의 지표라고 할 수 있다. 따라서 소액일지라도 연체를 하면 안 된다. 신용등급 평가 시, 연체정보는 부정적인 영향을 미친다. 10만원 이상의 금액을 5영업일 이상 연체한다면 신용평점이나 신용등급이 하락하게 된다. 만약 연체 기간이 길어진다면 신용등급의 하락에 영향을 미칠 수 있어서, 불가피하게 연체를 하였다면 가장 오래된 명세 건부터 상환하는 것이 좋다. 또 연체가 신용등급 올리기의 부정적인 요인이라면 성실한 신용카드 결제 대금과 대출금 상환은 긍정적인 요인으로 작용한다.

그리고 보증과 대출은 모두 신용등급이 하락할 수 있는 요인이다. 보증을 서면 보증 내역이 개인 신용평가회사로 보내져 신용등급에 반영되기 때문에 되도록 보증을 하지 않는 것이 좋다. 또한 많은 금액을 대출하였거나 대출 건수가 많을수록 신용등급에 부정적인 영향을 미치게 된다. 대부업체나 제2금융권의 대출, 현금서비스, 카드론의 경우 은행 대출보다 부정적으로 평가되기 때문에 금융회사를 정할 때는 이 점도 고려해 봐야 한다. 나도 본 사건이 터지고 처음에는 신용등급 1등급에서 10등급으로 급추락을 하였다. 대출과 신용 조회에서 하향이 되고, 이자와 원금 그리고 카드 돌려 막기에서 연체를 해서 끝까지 미끄러져 갔다.

개인 신용평가 가점제를 활용하라. 앞에 언급한 것처럼 개인 신용평가회사는 대출과 연체 내역, 신용카드 사용실적 등 여러 가지 항목을 분석해 개인별 신용평점을 산출하고 신용등급을 부여한다. 이 과정에서 개인의 신용과 유의성이 있는 항목에 대하여서는 가점제도를 운용하고 있다. 회사마다 가산점을 부여하는 기준과 가점 폭이 다소 다르지만, 이를 참고로 개인 신용 등급 올리기에 유용하게 활용할 수 있다. 대표적인 것이 통신요금이나 공공요금, 국민연금, 건강보험료 등을 성실하게 납부한 실적을 제출하는 것이다. 자신의 휴대폰에서 은행 웹을 다운로드해 설치하면 카테고리 메뉴에 쉽게 나와 있다. 특히 '토스'나 '카카오뱅크'는 거래는 물론 개인 신용 정보까지 무료로 제공해 주고 있다. 나는 수시로 이곳에서 내 신용 정보 변동사항을 보고받았다.

냉정하게 판단해야 할 시점이다. 아직도 '시간이 지나면 해결해 주겠지'라는 막연한 생각은 앞으로 다가올 더 큰 시련을 무마해 버리는 것이나 다름없다. 매달 빚이 조금씩이라도 증가하는가를 먼저 판단해 봐야 한다. 현재의 현금 흐름이 네거티브하게 가고 있다는 것은 매달 발생하는 수입 지출이 적자라는 의미가 아니라 지난달과 비교할 때 흑자폭이 더 줄어들거나, 적자폭이 더 확대되었다는 의미다. 이런 구조는 시간의 문제일 뿐 언젠가는 터질 수밖에 없는 폭탄이다. 두 번째는 자산과 부채 가운데 자산의 비중이 얼마나 되는가이다. 부채와 비슷하거나 부채가 더 많아져 버린 상황이라면 최저생계비를 제외하고 남은 돈으로 상환 계획을 수립해야 한다. 수입이 더 늘어나지 않는다면 다른 방법은 없다. 이 또한 시한폭탄이다.

이제는 당장 대책을 수립하고 행동에 들어가야 한다. 더 이상 망설일 시간이 없다. 시간이 주어진다고 해서 지금 상황이 크게 달라지거나 해결되지는 않는다. 이런 상황에서는 공적 혹은 사적 채무 조정 과정을 거치는 방법을 선택하는 것이 빚을 정산하는 좋은 방법이 되기도 한다. 개개인에 맞는 채무 조정을 선택하여 오랜 시간이 걸리더라도 꾸준히 갚아 나간다면 현재의 빚이 늘어나는 상황을 막을 수 있다.

개인 파산이나 개인 회생 그리고 프리 워크아웃, 개인 워크아웃 등은 대법원 홈페이지나 신용회복위원회 홈페이지에 자세하게 나와 있으니 참고하기 바란다.

나에게 맞는 채무 조정 프로그램은 무엇일까. 가장 좋은 방법은 전문가와 상담하여 최선의 방법을 찾아보는 것이다. 카드를 돌려 막거나 더 이상 이자 내는 것도 힘겨워하는 사람들이 인터넷 검색이나 광고를 보고 법무사나 변호사 사무실을 찾을 경우 상담의 결론은 한 가지로 모아진다. 대부분 '개인 회생'을 권한다. 실제로 나도 몇 군데 변호사 사무실과 법무사들과 상담을 해봤다. 개인 자산보다 채무 총액이 많으면 '개인 회생'을 채무 총액이 개인 자산보다 적으면 '워크아웃'을 권했다. 물론 어떤 방식이 좀 더 유리한지 명쾌하게 결론 낼 수 있는 것은 아니다. 상황에 따라서는 '개인 파산'까지도 생각을 해 봐야 한다. 다만 법무사나 변호사 사무실의 경우 법률 행위를 대신해야 수임료가 발생하기 때문에 '개인 회생'을 권고할 수도 있을 것 같다는 생각이 들었다.

무료 상담 기관을 활용하라

'대한법률구조공단(www.klac.cr.kr 대표전화 132)'

소송과 재판에 관련된 법률적인 접근을 무료로 상담해 주는 기관이다. 먼저 홈페이지를 방문하여 정보를 얻기 바란다. 법률 서식과 상담 사례, 사이버상담 및 방문상담 예약까지 각종 정보들이 담겨있다. 전국에 지부와 출장소, 지소의 형태가 있으니 전화를 걸어서 가까운 곳을 찾아 상담하면 된다. 단, 전화를 미리 해서 면접 상담을 예약해야 한다. 상담 전에 자산 내역과 부채 내역을 꼼꼼히 준비하고, 미리 궁금한 내용을 적어 놓으면 상담이 쉬워진다.

나는 꼭 채무 조정을 받는다기보다도 일단 판단해 보기 위하여 132로 전화를 했다. 서초역 근처에 있는 곳으로 10일 후에 상담 일정이 잡혔다. 이름과 연락처, 상담 요청 내용을 간단하게 기입한 상담요청서를 작성한 뒤 번호표를 뽑고 기다렸다. 상담은 15분 정도 진행했는데, 더 질문할 것이 있거나 해소되지 않는 문제가 있다면 시간제한 없이 계속 상담할 수 있었다.

상담은 개인 부채와 자산 내역을 비교하고 급여생활자나 자영업자 모두 소득 평균치를 환산하여 계산한다.

상담을 거치면 내용에 기초하여 개인 회생을 진행할지, 개인 파산으로 진행해야 할지, 아니면 워크아웃 등의 방식을 선택해야 할지 가늠이 된다. 개인 회생이나 개인 파산 등을 진행할 필요가 있다고 결정되면 좀 더 저렴하게 신청 절차를 대행해 줄 법무사나 변호사를 소개해 주기도 한다. 비용은 약 200만 원 정도 든다고 하는데, 이곳에서 연결해 주는 곳은 그 절반 정도의 비용이면 가능하다고 한다. 단 개인적으로는 이보다 훨씬 싸거나 비싼 곳도 있으니 단지 참고만 바란다.

'개인회생파산 종합지원센터'

대한법률구조공단의 산하기관으로 개인 회생과 개인 파산에 대한 업무에 특화된 단체다. 이 두 가지를 고려하는 사람들에게 정확한 정보를 제공한다. 서울을 비롯한 지방에도 센터가 있으니 가까운 곳을 이용하면 된다. 평일 오후 1시 30분에 실시하는 사전교육을 이수해야 상담이 진행된다. 첫 상담료는 당연히 무료이며, 상담을 통해 승인 가능성이 높다고 판단되면, 이후 법원 접수 등의 업무 대행 수수료는 무료로 진행된다. 단 송달료 등 실비는 본인이 부담한다.

'신용회복위원회(www.ccrs.or.kr 대표전화 1600-5500)'

금융기관의 협약을 통해 설립된 기관으로, 사전 상담과 금융 기관의 채무 조정을 진행한다. 전국에 지부와 출장상담소가 지역별로 있기 때문에 접근성이 매우 용이하다. 반드시 전화로 상담을 하고 예약을 해야 한다. 면접 상담은 무료이다. 개인 회생보다는 개인 워크아웃의 장점을 더 많이 강조하는 편이기 때문에 이를 이해하고 각자 상황에 맞는 선택을 해야 한다. 나는 사고 후 초장기에 방문을 하였으나 대출 후 6개월이 지나야 상담이 가능하다고 해서 그냥 돌아온 적이 있다.

'민생연대(www.minsaeng.ong 대표전화 02-867-8020)'

개인 채무와 임대차에 관련된 상담을 오랫동안 진행해 온 시민 단체다. 상담 전엔 자산과 부채 내역을 정리하고, 궁금한 점을 미리 메모하여 적극적으로 문의하면 좋다. 면접 상담과 전화 상담 모두 무료로 진행된다. 시민들의 후원금으로 운영하는 조직이기 때문에 인력과 재원이 넉넉하지 않지만, 혼자 진행하는 개인 파산과 개인 회생 과정을 꼼꼼하게 지원해 준다.

그 밖에 온라인 커뮤니티, 희년은행, 희망 만드는 사람들, 각 구청 금융복지 상담센터 등이 있다. 온라인 커뮤니티는 언제 어디서나 쉽게 접근할 수 있으며, 다른 사람들의 사례를 통해 나의 해결 방식을 유추하기 쉽다. 하지만 본인에 딱 맞는 정확한 진단과 평가가 이루어지기에는 한계가 있을 수 있기에 현명한 해결책을 원한다면 전문가와 상담하는 것이 좋다.

경기가 좋을 때는 주식과 부동산이다. 그러나 경기가 나쁠 때는 채권과 예금이 좋다. 경제가 공황 상태일 때는 현금이 최고의 투자 대상이 되기도 한다. 이처럼 경기 상황에 따라 최선의 투자 대상이 달라지는 것은 수익률과 위험이 연동되기 때문이다. 그렇지만 이것도 여러 가지 상황이 맞아주어야 한다.

결론은 욕심 부리지 않고 정도를 가는 것이다. 재테크는 내가 알고 있는 상식의 수준이 가장 적정한 것이다. 욕심은 또 다른 욕심을 부른다. 세상에 공짜는 없다.

기적은 내가 만들어 가는 것

야간 일을 마치고 퇴근해서 숙소에 막 도착하는 참이었다. 아내에게서 문자가 왔다.

"여보, 무릎이 너무 아파서 조금도 걸을 수가 없어."

평소 한 시간 거리를 순식간에 달려갔다. 아내와 함께 병원을 찾았다. '무릎관절염'이다. 정형외과에서 엑스레이 촬영을 하고 통증 완화제를 맞았다. 의사는 엑스레이 사진을 분석하더니 관절의 상처 부분을 지적하며 먼저 약물치료와 물리치료를 병행하고 차도를 보자고 했다.

물리치료까지는 꽤 많은 시간이 흘렀다. 이대로라면 12시까지 택배영업소에 도착할 수가 없다. 나는 얼른 밖으로 나와 택배 소장에게 사정 얘기를 하고 한 시간 정도 늦겠다고 했다. 아내는 내가 주간에 또 다른 일을 하는지 아직 모르고 있다. 집을 나온 뒤로는 그런 얘기를 할 기회가 더 줄어들었다. 치료가 끝나자 아내는 다리에 보조기구를 하고 나왔다. 우리는 다시 집으로 왔다. 아내에게 중요한 약속이 있어서 내일 다시 오겠다고 하고 택배영업소에 가서 택배 일을 했다.

이렇게 나는 회사에서 야간 일이 끝나면 병원, 그리고 택배 일을 하며 차 안이든, 휴게실이든 5분, 10분씩 짬이 나는 대로 쪽잠을 자며 일주일을 보냈다. 매일 피로회복제와 영양제를 한 주먹씩 먹었다. 밤낮으로 육체적으로 하는 일이라 약으로 버티는 것도 한계가 있었다. 어떤 때는 졸면서 일을 하기도 하고, 휴식 시간에 잠깐 졸다가 현장에 늦게 투입이 되어 눈치를 보는 경우도 종종 있었다. 이제는 극도의 피로감이 몰려왔다. 이러다가는 내가 쓰러질 것 같았다. 정말로 몸에 이상이 왔다.

어느 날 아침에 퇴근하고 두 시간 정도 자고 일어나려는데 몸이 움직여지지가 않았다. 사실 전날부터 몸이 무겁고 허리가 아팠다. 별거 아니겠지, 자고 나면 괜찮아질 거라고 생각했다. 그러나 머리가 아프고 온 삭신이 쑤시고 움직임마저 힘들었다. 홍역을 치르듯이 온몸이 한 군데도 빠짐없이 아팠다. 일어날 수도 없을 정도였다. 간신히 병원으로 갔다. 일과 스트레스에서 오는 심한 몸살이었다. 일단 강한 진통제를 맞았다. 그리고 물리치료를 받았다.

물론 야간 회사에도, 택배 일도 하지 못했다. 몸이 따라주지 않아서 어쩔 수가 없었다. 야간 회사는 연차나 휴가로 대체할 수 있으나 택배 일은 다른 사람이 대신하거나 소장이 직접 해야 하기 때문에 미안하기 짝이 없었다.

나는 이렇게 일주일간을 쉬면서 몸을 치료해야만 했다. 다행히 더 큰 병으로 가지는 않았지만, 설상가상 불행이 쌍으로 온 것이다. 아내도 아프고 나도 그랬다. 절대 무너지지 않을 것 같은 끝판 왕과 끊임없이 사투를 벌였지만, 몸이 아프고 나니 아무것도 할 수 없었다. 몸만 아프지 않다면 무엇이든지 할 수 있고 아무것도 부러울 것이 없었을 것 같았다. 사기를 당한 것도, 채권사에서 독촉하는 것도 잠시 잊어버렸다. 빨리 이 아픔에서 벗어나고 싶을 뿐이었다.

쉬는 동안 많은 생각을 하게 되었다. 1년에 1억을 벌어야 하는 목표에는 도달할 수 있을까? 그때 가봐야 알겠지만 아마도 턱도 없이 부족할 것 같다. 몸이 따라주지 않는다는 핑계는 대고 싶지 않지만, 나는 남들보다 돈 버는 것에 대한 뛰어난 재능을 가지고 있지는 않은 것 같다.

그러나 어떤 일을 응용하고 그것에 대한 지구력만큼은 자신이 있다. 돈 버는 일을 지구력 있게 하면 효과는 부자가 될 것이다. 물리적인 시간을 따지면 1년도 안 되는 시간을 몇 년을 보낸 것처럼 느껴진다. 1억을 벌기 위한 절대적인 시간이 필요했다. 나에게는 기적이 필요했다. 복권에 당첨되거나 누가 한꺼번에 주지 않는 이상 달리 방법은 없었다. 잠자는 시간을 최대한 줄이고 여러 가지 일을 하는 것과 최근에 시작한 KOK 플랫폼사업이 그것이다. 전자는 시간을 채우기 위해 주말이나 휴

일은 존재하지 않았으며 잠자는 시간도 계획표에는 없다. 잠은 시간이 날 때마다 잤다. 새우잠이든 쪽잠이든 잠시잠시 자는 것이었다. 지금 가장 하고 싶은 것을 물어본다면 당연히 잠자는 것이다. 2~3일 동안 원 없이 잠자는 것이 소원이다.

살아온 인생을 돌이켜 보면 참 열정이 많았던 나였던 것 같다. 그러나 잘한 것보다는 아쉬움이 훨씬 더 많은 것 같다. 그 중에 아마도 잘한 것은 이것이 아닐까 한다.

첫째, 아내를 만난 것이다. 나는 아내를 만나지 않았다면, 어디서 무엇을 하고 있으랴! 아내는 나의 스승이며 든든한 후원자다. 아내는 죽을 때까지 함께 가는 영원한 동반자다.

둘째, 예쁜 두 딸이다. 아내와 자식을 자랑하는 것이 팔불출이라는 말이 있지만, 나는 그런 팔불출이라면 100번 되어도 좋다. 그렇다면 나는 이미 팔불출이다. 갓난아기 때는 어찌나 많이 울고 엄마 껌딱지처럼 떨어지지 않던 아이들이 학교를 졸업하고 직장에 다니면서 어느덧 시집갈 나이가 되었으니 참 세월이 빠르다는 것을 느낀다.

셋째, 자유분방함이다. 다른 사람들이 나를 어떻게 평가하고 생각하는지 신경 쓰지 않았다. 그렇다고 남에게 배려하지 않고 내 이기심을 차린다는 것이 아니라, 다른 사람을 의식하지 않아서 다양한 직업과 일을 해 보았다는 것이다.

혹자는 "너는 의지가 약해서 금방 싫증이 나서 그만두고 또 다른 일을 하게 될 거야."라고 말하는 이도 있겠지만, 틀린 말이다. 나이가 든 지금도 내 머릿속에는 해 보지 못한 일들이 너무도 많다. 내가 관심이 많고 좋아하는 일이라면 꼭 해 보고 싶은 것을 하고야 마는 나만의 아집이 있다. 관심을 두게 되고 기회가 돼서 그렇게 했을 뿐이다. 그러나 중학교 때 시골 극장에서부터 시작된 영화사랑은 지금까지 영화를 좋아하고 관련된 일을 하고 있지 않은가. 단지 감독입봉을 못한 것이 아쉬움으로 남을 뿐이다. 입봉을 못한 아쉬움은 언젠가는 그 꿈을 실현하든가 아니면 한 권의 책을 써서 내 영화사랑인생의 아쉬움을 달래볼 것이다.

넷째, 소중한 나의 친구들과 지인들이다. 특별이 한 것 없이 미소만 띄우지만, 나의 안녕을 바라며 응원만 해주는 그들에게 무한한 존경과 고마움을 간직하고 산다. 이번 사건으로 인하여 세상을 바라보는 시각이 많이 바뀌었지만, 유연한 사고는 더욱 강화되었다. 그러나 모두에게 잠시 동안 잠수를 탔다. 다들 이해해주리가 믿는다. 내가 처한 상황에서 그들에게까지 걱정을 끼치고 싶지 않았다. 더 솔직해 지면 나의 바보스럼을 들키고 싶지 않았는지도 모른다. 이거 빼고는 별로 욕먹지 않고 살아 왔던 것 같다. 산처럼 많은 우여곡절과 우정의 추억을 여태껏 나의 소중한 이들과 함께하는 것도 아주 잘한 일이다.

나는 금융사기 사건이 터지고 얼마 후 죽을 생각을 했다. 큰돈이 사라져 버렸다는 것이 울화통이 터지는 일이지만 더 분한 것은 매사에 사리판단을 잘하고 철두철미하기로 둘째가라면 서러울 나 자신이 보이스피싱 사기를 당했다는 것에 대한 자괴감 때문에 용서가 안 되었다. 나 자신을 돌아보면 삶의 가치가 사라져 버렸다. 이 험한 사회에서 살아서 아무런 쓸 데가 없는 거품 같은 나를 느꼈다.

나의 어리석음을 사회가 받아들이지 못할 것 같았다. 그래서 죽기로 결심했다. 막상 죽으려니 용기가 나지 않았다. 그래서 술을 마셨다. 바위에 서니 두려움이 많이 사라졌다. 술기운이 있었지만, 한편으로는 많은 생각이 스쳐 지나갔다. 그리고 정신을 잃어버렸다. 죽음이란 미련이 없어야 한다. 나는 죽을 때까지 미련이 있었나 보다. 그날 이후에도 그곳을 찾았다. 머릿속 한 부분은 '다시 시도해 보자'는 것이 나를 그 장소로 가게 한 것인지도 모른다. 그리고 그 바위에 앉아 있었다. 죽음에 대한 바이러스가 아직 남아 있었지만, 무서웠다. 처음에 어떻게 여기에 서 있었을까? 서 있는 것과 앉아 있는 것의 차이는 죽음과 삶의 차이 같았다. 그렇게 똑같은 그 장소에서 시도하지도 않았다. 단지 내가 죽었으면 어떻게 되었을까? 머릿속에 그림처럼 상상으로 그려지기 시작했다. 그리고 다시 하산하고 말았다. 나무들의 살랑살랑 움직임이 '그래 잘했어'라고 손짓 인사한 것 같았다. 양지바른 등산로 한쪽에 새싹들도 보이기 시작했다. 이것들도 생명이다. 죽는다는 것과 산다는 것은 현재의 삶의 무게를 '견뎌낼 수 없는 선택'이냐 아니면 오늘이 가장 젊은 날이니 '멋지게 살아보는 것'이냐다. 사람은 언젠가는 죽는다 그때 죽어도 되지 않겠는가. 산다는 것은 그 자체가 축복이다. 삶이 너무 평탄하면 재미없지 않는가? 나는 오늘도 이 삶의 파도 위에 서 있다. 그 파도는 수 없는 변수를 가지고 있다. 그것을 살아내는 것은 기적이다.

우리나라 헌법 제10조에는 "모든 국민은 인간으로서의 존엄과 가치를 가지며 행복을 추구할 권리를 가진다"라고 명시돼 있다. 나는 한때 이 법 조항에 꽂혀 수첩이건 노트북이건 이 문구를 달고 다닐 정도로 강렬한 느낌을 받았을 때가 있었다. 이 법 조항을 더 빨리 중학교 때쯤 알았더라면, 영화가 아니라 나는 인문계를 지원했을 것이고 법학을 공부했을지도 모른다. 우리는 누구나 행복을 추구할 권리가 있다. 그래서 저마다의 사람들은 자신만의 장점을 살려 노력을 하고, 열정을 뿜어내어 날카롭게 칼을 가는 것이다. 그 칼로 최고의 요리를 만들고 그 칼은 험한 세상이라는 정글을 헤쳐 나가게 한다. 이처럼 사람들은 행복할 권리를 찾아 동분서주하는 것이다. 나도 그 행복을 찾아 여기까지 온 것이다.

새로운 도약을 위하여

사람들 저마다의 걸어온 길이 다르고 생각하는 것도 다르듯이 나 또한 걸어온 인생이 아주 다르다. 지금까지 뭐 했나 할 정도로 이뤄놓은 것 하나 없는 것 같다. 이제 와서 후회도 하고 그것을 발판 삼아 인생의 '새로운 도약'이니, '인생 2막'이니 하며 남은 인생 잘살아 봐야지 하고 있다. 그 삶이 부자든, 가난뱅이든 인생이라는 글자의 공통분모에 관심사 있는 삶이라면 비루한 나의 인생사와 버무려 보고 싶다.

나는 학교 졸업 후 직장생활을 많이 했다. 개인사업과 법인 대표도 해 보았고, 해외에 나가 법인장도 해 보았지만, 딱히 어떤 일이 좋았다기보다는 내가 하고 싶은 일을 따라 이 일 저 일 많이 경험해 본 일이 기억에 남는다. 중학교 때부터 좋아했던 영화 관계 쪽 일만 하며 한 우물을 팠더라면 어떻게 해서든지 영화감독이 되었을 수도 있었을 것이다. 그러나 그 일도 하면서 다른 일도 했기 때문에 경험이 좀 더 많이 한 것으로 그만이지 꼭 영화감독이 된다고 더 좋을 것도 없을 것 같다.

살아오면서 중요한 일을 결정할 때는 더 신중히 처리해야 한다는 것을 말하고 싶다. 회사를 그만두는 경우도 그렇다. 다른 회사로 이직하기 위해서는 최대한 감정을 배제하고 안 좋은 상황에 대비해야 한다. 상사가 미워한다고, 월급이 적다고, 적성에 맞지 않는다고 퇴사를 결정해 버리면 그 순간부터 고생이 시작된다고 봐야 한다. 용기와 열정이 퇴사의 원동력이 돼서는 안 된다. 무모한 퇴사는 결말을 예측하기가 쉽다. 고생, 고립, 고행이다. 그래서 만일에 대비해서 쉬지 않고 항상 공부해야 한다.

어느 책에서인가 읽었던 기억이 난다. 가까이에서 육아하는 것을 지켜보니 아이가 주는 행복과 기쁨이 51%이고, 아이로 인한 힘든 게 49%라고 한다. 그 2% 차이 때문에 자신을 희생해 아이를 키운다는 것이다. 직장생활도 그렇고 모든 인생살이도 이와 같지 않을까 생각한다. 이 일이 유독 힘든 게 아니라 나에게 돌아오는 성취감과 기쁨이 힘들고 어려움과의 종잇장 차이로 유지되기 때문에 계속할 수 있다는 것이다. 단 2% 차이로 말이다.

몸이 아프고 나니 열정만 가지고는 일을 해도 안 되는 경우를 직접 경험했다. 나보다 건강한 사람이나 또 젊은 사람들은 이렇게 열정을 가지고 일을 해도 가능할 것이다. 그러나 하루의 흐름대로 일할 때는 일하고 쉴 때는 쉬며 잠잘 때는 자야 하는 것이 자연의 순리이다. 그래야 몸도 마음도 건강한 삶을 산다고 할 것이다. 이제는 주간이나 야간 일 중 어느 하나만 해야 할 것 같다. 먼저 일의 연속성과 내 나이를 생각해서 결정했다. 택배 일은 그만두어야겠다고 결심했다. 어려울 때 자기 일처럼 도와주고 기꺼이 자리를 마련해 준 이점열 택배영업소 소장에게 미안할 따름이다. 이 소장에게 무한한 감사를 드린다. 이 소장은 도리어 잘하였다며 나의 건강을 생각해 주었다. 그리고 자주 놀러 와서 소주도 마시자고 하였다. 참 좋은 사람이다.

당초 목표로 삼았던 1억 원을 벌겠다는 목표액은 아직 채우지 못했다. 물론 시간도 아직 남았지만, 현재 계획대로라면 1년이란 기간이 모자란다. 그래도 이를 악물고 갚아 나가고 있다. 아프고 나니 현실은 더욱더 매몰차게 다가왔다. 혼자 사는 것도 힘들다는 것을 새삼스럽게 느끼게 되었다.

아내도 아프고 나니 남편이 없는 공간이 무척 힘들었을 것이다. 내 통통했던 살들이 쪽 빠지고 배도 홀쭉해졌다. 자연스레 다이어트가 되었다. 이제는 집으로 들어가야겠다는 생각을 했다. 마음이 굳어지자 원룸을 내놓았다. 이렇게 반년 만에 집으로 돌아왔다. 여전히 전망 좋은 편안한 내 집이다.

오늘은 비가 갠 날이라 서울 시내가 선명하고 깨끗하게 아주 잘 보인다. 여전히 검정 가죽 소파는 그 자리에 있다. 나의 침대이다. 옛날처럼 똑같이 앉은뱅이 책상에 노트북을 올려놓았다. TV는 저 혼자 떠들어댄다. 모두 예나 지금이나 변함없이 똑같다. 단지 마음 한구석이 아팠을 뿐이다.

"여보, 당신도 돌아왔으니 어디 가까운 데 여행이나 다녀옵시다. 다 같이."

"응. 그래 날 잡아봐."

나는 그 전에 할 말이 있었다. 언제 말할까 기회만 엿보고 있었다. 금융사기를 당했다는 말을 고백해야 했다. 지금도 늦었지만, 이제는 어느 정도 수습이 되어 가고 있어서 이제는 말할 수 있을 것 같았다.

기온이 30도를 오르내리는 어느 일요일 우리 가족은 가까운 근교에서 점심을 먹기로 했다. 날씨가 무척 더웠다. 우리는 점심 메뉴를 추어탕으로 정했다. 식사 마치고 차를 한잔 마시기로 하고 가까운 카페로 들어갔다. 시원하니 너무 좋았다. 실내 디자인이 이색적이었다. 나는 아내와 아이들이 있는 자리에서 먼저 안심을 시킨 후에 '금융사기를 당했다'고 고백했다. 간단간단하게 자초지종을 함께 말했다. 아내와 아이들은 잠잠히 듣고만 있었다. 그리고 집을 나간 이유도, 회사 일 외에 택배 일과 문서를 판매하는 일도 함께 모두 말했다. 아내는 눈시울이 촉촉해졌다. 잠잠히 듣고 있더니, 큰애가 먼저 말을 꺼냈다.

"아빠! 왜 이제 말해?"

"그동안 아빠가 말을 할 수가 없었다. 충격을 받을까

봐….”

그리고 아무 말이 없었다. 얼마나 오랫동안 기다려온 기회였던가. 나는 벌써 하늘을 날아가는 기분이었다. 땀 흘리게 올라와서 무거운 짐을 내려놓은 듯한 그런 기분. 그렇게 후련할 수가 없었다. 나는 눈물이 핑 돌았다.

“여보, 고마워.”

“얘들아. 고맙다.”

앞으로 가족만 바라보고 더욱 잘해야겠다는 다짐을 했다.

비가 부슬부슬 내리는 날, 나는 택배영업소를 찾았다.

“이 소장, 그동안 정말 고마웠다네. 자네 때문에 많은 용기가 생겼다네.”

이 소장에게 진심 어린 고마움을 전했다. 내가 곤경에 처해 있을 때 손을 내밀어준 사람이 몇 명이나 있을까? 이 소장은 주저하지 않고 내 손을 잡고 안아준 사람이다. 나도 이들의 고마움을 잊지 않아야겠다는 생각을 또 하게 됐다.

또 어느 날, 나는 필동에 있는 평론가 친구를 찾았다. 그는 여전히 똑같이 반갑게 맞아주었다.

“그동안 고마웠네. 자네가 없었다면 나는 벌써 딴 세상에 있을 것일세. 하하하.”

오래되지는 않았지만, 나의 아픔을 자기 아픔처럼 나를 걱정해 주고 위로해 친구다.

"잘 왔어! 친구. 나 이제 다 끝났어. 자 막걸리나 마시러 가자고."

우리는 또 그렇게 술집으로 향했다. 이 친구는 나에게 '벤저민 프랭클린'의 『덕의 기술』이란 책을 읽어 보라고 권한 적이 있었다. 사실 나는 이 책을 오래전에 읽었다. 그리고 마음이 어수선할 때 가끔씩 아무 페이지나 펼쳐서 읽으면 평온해졌던 소중한 책이다.

"더 나은 사람이 되고자 하는 것은 모든 인간에게 공통된 욕망이다.

우리가 자신의 존재와 성품에 완전히 만족하는 일은 자연스럽지도, 적절하지도 않다.

꾸준한 성장과 발전이 없다면 향상과 성취, 성공이란 단어는 아무런 의미가 없다.

인간의 영혼은 여러 가지 야망 때문에 흔들린다."

(벤저민 프랭클린, 『덕의 기술』 74쪽, 21세기북스)

2년 후 내가 나에게 쓰는 일기

2023년 8월 15일(토) 맑음

어젯밤 내내 밤잠을 설쳤다. 광복절이라 휴일이다. 새벽 5시부터 자리에서 일어나 단장을 하고 평소보다 일찍 종로에 있는 협회(금융사기예방협회) 사무실로 가서 10시부터 시작한 총회에 참석했다. 여러 가지 안건 중에 오늘의 핵심은 단연 나에게 쏠렸다. 약 5년 동안 전국을 돌며 보이스피싱 예방 활동을 했다. 방송에도 출연하고 관공서나 농촌 마을 경로당까지 어디든지 부르기만 하면 달려가서 그들과 울고 웃으며 한 사람이라도 억울한 피해를 보는 사람이 없도록 노력했다. 이 공로를 인정받아 협회에서 정부부서에 상(대통령 표창)을 상신하자는데 의견이 일치되었다. 아직 계획단계에 있는 일이지만 내 생애 이런 꿈이 이루어진다면 얼마나 좋을까. 온종일 가슴이 쿵쾅거렸다.

저녁에는 장충체육관에서 KOK 행사가 있었다. 오랜만에 부부동반으로 참석했다. 전국에서 5,000명의 회원이 한자리에 모여 열기가 대단했다. 대형행사가 있을 때마다 참석하지만 오늘은 새로 입은 와이셔츠 옆구리가 흠뻑 젖을 만큼 흥분이 되었다. 여러 식순중에 나는 유일하게 '5성'으로 정식 승급한 날이기 때문이었다. KOK 직급 중에 최고 왕좌는 아직 멀었다. 하지만 오늘이 내 생애 최고의 날이었다. 현금 5억 원은 물론 대형승용차를 선물 받았고, 그리도 꿈꾸던 10박 11일의 유럽 일주 여행을 가족과 함께 가게 되었다. 아내는 내 옆에 달싹 붙어서 연신 기쁨을 감추지 못했다. 불과 수 년 전, 후배에게 가게를 담보로 제공해주고 쫄딱 망하고 또 금융사기를 당해 주야로 일을 하며 시련을 겪고 있을 때 한 줄기 빛으로 다가온 것이 플랫폼 사업이었다.

신의 계시가 있었던 것 같다. 그리고 불과 2년의 세월이 흐른 뒤 그 '영광의 날이 오늘'이다. 이 사업이 아니었으면 나는 오늘 이런 영광을 누릴 수 있었을까? 이 사업은 나의 인생을 송두리째 바꿔 놓았다. 그동안 많은 일을 겪어 왔지만, 팀원들과 리더들이 도와주었고 함께 해주었다. 책을 써서 베스트 작가가 된 것도, 보이스피싱 강사가 된 것도, 다문화가족 쉼터를 만들어 봉사하게 된 것도 모두 KOK가 만들어준 터전이다. 무엇보다 사랑하는 내 가족과 행복하다는 것에 감사할 따름이다.

오늘 난 큰 상을 받았지만 앞으로 해야 할 일들도 이와 비례해서 많아짐을 느낀다. 그동안 꾸준하게 갚아온 빚도 전액

상환에 이르렀다. 한층 홀가분함을 느낀다. 다문화 쉼터를 더 확장해서 이용자들이 더 편하게 지낼 수 있게 할 것이다. 마음속에 꿈꾸고 있는 영화제작의 목적으로 먼저 시나리오를 완성하고자 한다. 전문으로 하는 작가 선생님과 도움이 필요한 부분이다. 영화제작이라고 하나 무슨 대단한 것 같지만, 그동안 삶을 되돌아보고 타인들이 그 삶을 통하여 미래를 조망하는 계기를 바라는 마음에서다. 바쁜 와중에도 틈틈이 써왔던 원고가 많은 도움이 될 것이다. 잔잔하게 파고드는 인간극장이 되기를 소망한다.

안방에 잠자고 있는 아내의 얼굴에서 행복함을 느낀다. 시간은 벌써 온밤을 달려 또 다른 오늘 새벽녘이 되었지만, 나의 도전은 오늘도 계속될 것이다. 이제 나는 그리도 그리던 최고의 왕좌의 자리를 향하고 있다. 여태 그래왔듯이 매사의 열정을 그대로 유지하며 상부상조하는 생활을 이어가면 된다. 머지않은 장래에 내 인생의 4관왕을 달성하고 싶다. 대통령 표창, '8성', 베스트셀러 작가, 영화제작자… 꼭 그렇게 하고 싶다. 그 꿈이 이루어지는 날 '꿈꾸는 자만이 그 꿈을 이룰 수 있다' '나는 이제 죽어도 여한이 없다'를 외칠 것이다.

어제는 나의 역사가 되었다. 오늘도 나는 또 다른 기적을 쓰고 있다. 오늘이 내 생애 가장 젊은 날이다.

금융사기를 당하고 나서 몇 달간은 어찌할 바를 몰랐다. 죽음… 오로지 죽어야 한다고 생각했었다. 정신을 차려보니 빚을 빨리 갚는 것이 좋겠다고 생각했다. 빚이 일정 수준을 넘어서게 되면, 마이너스 현금흐름이 플러스 현금흐름을 잠식하게 돼서 구제 불능의 상태가 되기 때문이다. 그래서 또 정신없이 닥치는 대로 일을 했다. 몸이 축나는지도 몰랐다. 나 자신이 한심하고 참 어리석기 짝이 없었다.

만약 내가 사기를 당하지 않았다면, 그냥 일을 즐기는 평범한 중년의 삶을 살고 있을 것이다. 단지 절박함과 절실함이 덜했을 것이다. 사건이 터지기 전에는 '멋진 삶'에 관한 책을 언젠가는 쓰고 싶었다. 이 책을 쓰기 시작하고부터는 무척 고민했다. 나의 같잖은 경험이 무슨 자랑거리인 양 늘어놓는다는 것이 그랬고, 금융사기를 당했다는 것이 어찌 보면 나의 치부를 드러내는 것 같아 무척 망설여졌다.

그러나 가슴속에 묻어두는 것이 더욱더 숨이 차오르고 울화통이 치밀어 올라왔다. 벗어나고 싶었다. 여러 가지 방법을 모색하던 중, 책 읽기가 좋았다. 많은 책을 읽었다. 그리고 말하고 싶었다. 그래서 책을 쓰기로 마음먹었다. 막상 노트북 앞에 앉아서는 그리 오랜 시간이 걸리지 않았다. 사실에 입각한 내용을 생각나는 대로 손이 흘러가는 대로 느낌대로 써나가기 시작했다. 그러나 어느 시점에서부터 글을 쓸 수가 없었다. 아니 머릿속이 백지장처럼 텅 비어 버린 무상의 상태로 몇 달 그리고 1년을 보내고 말았다. 허송세월 같지만, 그런대로 내공이 쌓인 것 같다. 하마터면 철없는 중년을 보낼 뻔했다.

나는 내 또래의 사람들보다 컴퓨터를 더 잘한다고 생각했다. 인터넷은 물론 문서나 홈페이지를 만드는 툴을 더 잘 사용할 줄 알았고, 수많은 밤을 새워가며 독학으로 배웠다는 사실이 그렇다. 또래들이 독수리 타법을 사용할 때 나는 손가락이 보이지 않을 정도로 타자를 잘 쳤기 때문일 수도 있는 내 자화자찬이었다. 요즘은 거의 누구나 잘하는 평범한 것이라서 그것이 무슨 자랑거리도 아니거니와 내세울 만한 것도 아니다.

나는 예나 지금이나 시간만 나면 컴퓨터 앞에 앉아 무언가를 해야 하는 컴퓨터 중독에 걸려 있는 것 같다. 아내도 내게 '당신은 컴퓨터 중독자'라고 수시로 핀잔을 주는 것을 보면 중증에 걸려있는 것이 사실인 것 같다. 요즘도 마찬가지로 시간만 나면 노트북을 펼쳐놓고 뭔가를 하지만, 스마트폰의 매력에도 빠졌다. 우주만큼 셀 수 없이 많은 애플리케이션 앱들 이제는 작은 손바닥 안의 미지의 세계로 떠나는 것이 또 다른 즐거움이다. 최근에는 가장 핫한 스마트폰으로 바꿨다. 그 즐거움을 흠뻑 만끽하기 이해서다.

'박○욱 재테크 전문가' 지금도 포털사이트에 나와 있는 유명한 사람이다. 나는 그를 우주처럼 믿었다. 그가 하자는 대로 그의 뜻대로 그의 말은 진리이며 생명이었으며 나를 이끌어 주는 신이었다. 그가 포털사이트에 등록되어 있다는 사실만으로 너무 믿어버린 것이다. 누구하고 상의라도 했더라면? 그때는 누구와 상의를 했더라도 나는 그 상대를 설득하였을 거라는 생각마저 하게 된다. 그는 나를 그렇게 들뜨게 만들어 놓고 어느 날 홀연히 사라져 버렸다. 내게는 빚 1억 원과 만신창이가 된 괴로운 마음뿐이 남았다. 아내에게도 아이들에게도 이 사실을 말할 수 없었다. 처음부터 나 혼자 실행했던 거였고 나 혼자 처리해야 하는 것으로 생각했다. 집을 나왔다. 도의상 매일 함께할 수 없었다. 먼저 사건을 어느 정도 수습한 다음 그리고 해결하고 들어올 심사였다. 매달 돌아오는 원금과 이자는 평범한 고정수입으로는 감당하기 힘들었다. 돈이 빠져나가는 날짜는 왜 그리 일찍 돌아오는지, 만약 하루라도 늦어지는 날이면 수많은 전화와 문자메시지로 스트레스가 이만저만 아니다.

평탄했던 내 삶이 엉망진창이 되어 버렸다. 한동안 정신력이 정상적으로 돌아오지 않았다. 죽음을 택했다. 때가 되면 죽는 것이 세상의 이치지만, 그냥 먼저 갈 생각을 했다. 그러나 죽을 용기도 부족했다. 바위에서 뛰어내리면 잠깐 순간이라고 생각했다. 그것을 넘기지 못했다. 머리 한쪽에서 '죽지 마라'는 명령을 내렸다는 것은 나 혼자만의 억지 주장이지 핑계다.

살았다. 얼었던 만상들이 깨어나고 나도 깨어났다. 가만히 있는다고 누가 나 대신 빚을 갚아줄 것인가. 투잡, 쓰리잡, 포잡을 하기로 마음먹었다. 그까짓 잠은 두 시간만 자면 돼, 예전에 밤새 집중적으로 독학할 때도 그랬어, 그땐 이틀 밤 삼일 밤을 꼬박 새우기도 했어, 사실 그때는 그랬다. 286, 386, 486, 펜티엄, 도스 시절 그 복잡하고 어려웠던 명령어를 수많은 밤을 새워가며 배웠다. 그때도 그랬는데….

그는 나를 속인 사기꾼이지만, 그가 나를 변하게 했다. 어찌 보면 그에게 고마워해야 할지도 모른다.

나에게는 사랑하는 가족이 있다는 것, 그리고 택배영업소 소장, 미술 평론가 친구, 어려울 때 여러모로 나를 지지하고 도와주는 든든한 사람들이 있다는 것, 세상은 살아볼 만한 가치가 있다는 것, 나도 그들과 누군가에게 도움을 주는 사람이 되고 싶다.

나는 다시 그때 그 좋은 열정으로 꾸준하게 삶을 살아간다면, 분명히 좋은 일이 있을 것이라 확신한다. 아니 전화위복이 되고 10억 50억 100억이 굴러들어와 이루고자 하는 꿈이 기필코 성사되이라 생각한다.

지금 나는 행복하다. 그동안 수없이 난관에 부딪히고 현재도 그런 과정에 있지만, 세월은 얽혀 있는 실타래를 푸는 지혜를 주었고 문제들은 하나하나씩 풀려나갔다. 나를 알고 있는 수많은 지인들, 친척들 그리고 사랑하는 내 가족이 나를 지켜보고 있다. 요즘 쉬는 날에는 아내와 딸들과 여행도 하며 이런 저런 얘기를 나누며 소소한 행복을 만끽한다.

노란 숲 속에 길이 두 갈래로 갈라져 있었습니다.
나는 두 길을 다 가지 못하는 것을 안타깝게 생각하면서,
오랫동안 서서 한 길이 굽어 꺾여 내려간 데까지,
바라다볼 수 있는 데까지 멀리 바라다보았습니다.
…
훗날에 훗날에 나는 어디선가
한숨을 쉬면서 이야기할 것입니다.
숲 속에 두 갈래 길이 있었다고,
나는 사람이 적게 간 길을 택했다고,
그리고 그것 때문에 모든 것이 달라졌다고.

귀에 익숙한 고등학교 국어교과서에 나오는 미국의 시인 '로버트 프로스트'가 쓴 『가지 않는 길』이다. 두 갈래 길이 있었는데, 나는 이쪽 길을 선택하지 않고, 저쪽 길을 선택했을 뿐이

고, 그것으로 내 인생의 모든 것이 달라졌다는 내용이다.

나는 이제까지 아무도 가지 않는 길을 걸었던 것 같다. 생각 자체가 익숙하고 편하고 오래된 길로만 다니지 않는 성격 탓이다. 나는 앞으로도 더 위험하고 불편하고 더 고통스럽더라도 그 길이 옳고 바르고 필요한 길이라면 '아무도 가지 않는 길'을 갈 것이다.

르포작가 유재순 씨는 직접 난지도에서 생활하며 『난지도 사람들』이라는 책을 썼다. 또 그녀는 구로공단의 노동자로 여성 노동자들의 삶을 기록했으며, 사북탄광에서, 아시아 8개국 빈민 지역을 다니면서 사실적인 내용을 기록했다.

사서 하는 고생도 있다. 패배라는 것이 도덕적으로까지 나쁜 것은 결코 아니라는 것이다. 세상에 패배하고 싶어서 일부러 패배한 사람은 없다. 잘해 보려고, 보다 나은 삶을 살아 보려고 아등바등했던 것이다.

백세 철학자인 김형석 연세대 명예교수는 한 강연에서 지금까지 살아오면서 가장 후회스러운 일이 무엇이냐는 질문에 "65세에 교수직을 정년퇴직하고 나서 별다른 계획을 세우지 않는 것이다"라고 말한 바 있다. 그 이유를 묻자 그는 "퇴직 후 얼마 못 살 줄 알았기 때문이다. 퇴직하고 이렇게 30년을 훨씬 넘게 더 살 줄 알았더라면 좀 더 멋진 꿈과 목표를 세웠을 것이다"라고 말했다.

김 교수는 친한 동료 학자였던 안병욱 · 김태길 씨와의 우정을 이야기하면서 "두 사람은 각각 93세, 97세로 세상을 뜨기 전까지 활발히 저술 · 강연 활동을 하며 경험과 지식 나눔에 앞장섰다"며 "60세부터 75세까지 인생에서 정신적 성장을 가장 많이 하는 시기이고 75세 이후에도 노력하면 90세까지 성장을 유지할 수 있다는데 세 사람의 공통된 생각이었다"고 소개했다. 그는 60살 이후의 무엇이 달라져야 하는가에 대해 "배움이 있는 삶, 일하는 삶, 취미가 있는 삶이 있어야 뒷방 신세로 밀려나지 않고 행복해질 수 있다"고 조언했다.

인생에도 연장전이나 패자부활전이 있었으면 좋겠다.

Story +

회상,
그리고
또
다른 시작

⋮

테러, 그 아픈 기억

세월의 흐름을 거꾸로 들여다보면, 묻혀있던 과거의 사건이 떠오른다. 1987년, 34년이나 지난 지금 과거를 회상해 보는 것이 씁쓸한 추억으로 자리하고 있다. 나는 그 사건 후 그 길을 택하지 않았다. 1987년 11월 23일 전남의 작은 시골 읍내에서 일어난 사건이다. 당시 나는 25살로 군대를 막 제대하고 지인을 도와주고 있는 상황이었다.

야구방망이와 각목들이 수없이 날아들었다. 이렇게 죽는구나. 피투성이가 된 채 정신을 잃어버렸다. 집단 구타를 당한 것이다. 먼저 당시 1987년의 어수선한 국내현황을 살펴보자.

1987년의 국내 현황

첫 번째, 박종철 고문치사 사건. 경찰은 '민주화 추진위원회 사건'을 터트리기 위해, '박종운'을 잡으려고 '박종철'을 연행하고 물고문하여 1987년 1월 14일 사망케 했다. 당시만 해도 국민과 언론은 빨갱이가 고문 받다가 죽었다는 여론이 우세했다. 경찰의 공식 입장에서 "책상을 '탁' 치니 '억' 하고 죽었다"고 말해 국민들의 관심을 끌었다.

두 번째, 4 · 13 호헌 조치. 1987년 4월 13일 전두환이 취한 특별 선언이다. "현행 헌법을 유지한다"라는 것이었고, 후임 대통령 역시 선거인단에 의한 간접선거를 골자로 한 기존의 헌법으로 선출하겠다는 것으로, 개헌 요구를 전면 부정한 특별 선언이었다.

세 번째, 6월 민주 항쟁이다. 6월 10일부터 6월 29일까지 대한민국에서 전국적으로 벌어진 반독재, 민주화 운동이다. 원인은 4 · 13 전두환의 호헌 조치와 부천경찰서 성고문 사건, 박종철 고문치사 사건, 이한열 최루탄 피격 사건 등이 도화선이 되었다. 이 사건은 영화 『1987』로도 제작되었다.

네 번째, 6 · 29선언이다. 1987년 6월 항쟁 직후인 6월 29일에 민주정의당 대표인 노태우가 직선제 개헌요구를 받아들여 발표한 특별 선언이다. 이 선언은 대한민국 제6공화국의 수립 기반을 마련하였고, 대통령 직선제, 5년 단임제로 개헌이 되었다. 이후 1987년 12월 16일 새 헌법에 따라 대통령 선거가 치러졌다. 6월 항쟁은 대한민국 민주화에 큰 영향을 주었으며, 사회 운동이 비약적으로 상승하는 효과를 가져왔다.

다섯 번째, 1987년 12월 16일에 치러진 대한민국 제13대 대통령 선거이다. 전두환은 자신의 7년 임기가 끝나자, 12 · 12 군사 반란의 동기이자 자신의 절친인 노태우를 차기 대통령으로 지명한다. 하지만 국민들은 더 이상 전두환의 독재를 보고만 있지 않았다. 박종철 물고문 사건, 6월 항쟁 등으로 결국 국민적 저항에 굴복한 노태우는 6 · 29 선언을 하고 직선제 개헌과 자유로운 정치 활동을 약속하게 된다. 이에 따라 13대 대통령 선거는 보통, 평등, 직접 비밀선거의 원칙을 준수하고 16년 만의 직선제 대통령 선거가 되었다.

보통 사람을 위한 폭력

사건은 지금으로부터 34년 전, 1987년 11월 23일 제13대 대통령 선거가 한 달도 채 남지 않는 때였다. 군대를 제대한 지 딱 한 달이 지난 내 나이 25살 때다. 나는 대학교를 졸업하고 약 27개월간의 군 복무를 마치고 제대하여 복직을 기다리는 중이었다.

그러나 예전부터 알고 지내온 윤○○(38세, 민주연합청년동지회 회장) 회장의 부탁으로 그의 수행 비서를 임시로 하고 있었다. 그는 오래전부터 정치인의 꿈을 키우며 지역 활동과 학생운동을 주동하여 수사기관에서 수배된 인물로 한곳에 오래 머물지 못하고 여기저기 피해 다니는 몸이었다.

한편 지역에는 당시 집권 여당 민주정의당의 국회의원 K씨는 막강한 힘을 발휘하고 있었다. 그는 육사 출신으로 전두환, 노태우와 동료생으로 그의 세력은 실로 대단했다. 당시 그의 수하에는 각지에서 동원된 젊은 운동원들 30~40명이 합숙하며 그를 돕고 있었다.

사건의 발단은 이랬다. 나는 윤 회장의 수행을 마치고 집으로 가던 중, 길거리에서 후배 광ㅇ을 우연히 만났다.

"아이고 형님, 오랜만입니다. 제대했다는 얘기는 들었습니다."

광ㅇ이가 반갑게 인사를 했다. 친동생의 친구이기도 하는 후배이다. 그가 술이나 한잔하자며 근처 길거리 포장마차 '살구나무'로 들어갔다. 이미 5명 정도의 손님들이 테이블에 앉아서 이야기하고 있었다. 비좁았다. 광ㅇ이는 그들 중 아는 사람도 있는 듯 그들과 인사를 했다. 나는 다른 장소로 갈까 하고 잠시 머뭇거렸다. 그러나 광ㅇ이는 벌써 구석진 자리로 안내했다.

"형님 특수부대에서 있었다면서요?"

"그래, 뭐 어쩌다 보니 그렇게 됐다. 너는 대리점 한다면서?"

"예 시작한 지 얼마 되지 않았어요."

이렇게 우리는 서로 그동안에 있었던 일을 주고받으며 소주를 마셨다. 그는 나와 얘기하면서도 그들과도 얘기를 주고받고 그런 분위기였다.

이때의 대화 내용은 곧 있을 대선의 각 대통령 후보들 얘기가 대부분이었다. 나는 이때까지만 해도 그들의 대화에 직접 참여하지 않았다. 광○이와만 대화를 했다. 그는 나와도 그들과도 선거 얘기와 후보 얘기를 했다.

"김대중이는 붉은 물이든 빨갱이 새끼다."

"그 새끼는 사상이 불순하잖아."

그들 중 또 다른 사람이 말을 이어 같다.

"그런 새끼가 어떻게 대통령을 해."

"…."

소주 한 잔을 쭉 마셨다. 한 병이 거의 비어있었다.

"말씀 중에 미안하지만, 한마디 해도 될까요?"

나는 정중히 그들의 대화에 처음으로 끼어들었다. 그들이 나를 까칠하게 쳐다보았다.

"제가 생각하는 김대중 선생님은 여러분이 생각하는 것과 아주 많이 다릅니다. 우리나라 민주화를 위해 얼마나 많은 고생을 하셨습니까? 또 죽을 고비를 얼마나 많이 넘기셨습니까?"

그들 중 한 명이 탁자를 박차며 소주병을 들고 심한 욕을 했다. 금방 소주병이 날아올 기세였다.

"이~ XX놈이 뒤질래? 새끼야."

"형님! 이러면 안 돼요."

광○이가 바로 막아섰다.

잠시 후 그들 중 한 명과 광○이가 포장마차 밖으로 나갔다. 밖에서 그들의 얘기 소리가 들렸다. 나는 그들이 밖으로 나가서 담배도 피우면서 다소 흥분된 마음을 가라앉힌 것으로 생각했다. 그리고 약 5분 정도의 시간이 흘렀다.

"키~익"

심하게 자동차 브레이크 밟는 소리가 들렸다.

"저 새끼야."

순식간에 포장마차의 포장이 걷히면서 7~8명의 장정들이 들이닥쳤다. 그들은 야구방망이와 각목을 들고 있었다. 나는 피할 시간도 없이 몽둥이로 얻어맞았다. 머리에서 피가 터지고 온몸에 피범벅이 되었다. 나는 일순간 '이렇게 죽는구나'라고 생각했다. 이렇게 나는 정신을 잃어버렸다. 그리고 일어나 보니 병원에 누워 있었다. 온몸을 거의 움직일 수가 없었다. 물론 대소변도 가리지 못했다.

그 후에 한 달 이상을 병원과 통원치료 신세를 져야 했다. 혹자는 이렇게 말을 했다.

"왜 바보처럼 가만히 있는 거냐?"

"경찰에 신고하지 않았느냐?"

"고소해서 혼내야 하지 않느냐?"

이유는 간단했다. 아버지와 작은아버지께서 사건화 되기를 원하지 않았다. 그래서 매스컴에도 일절 보도가 되지 않았다. 아버지도 작은아버지도 지역의 유지로서 현역 국회의원과 친분이 있는 터라 나쁜 영향을 주고 싶지 않았던 것 같다. 또한 윤 회장도 그때는 외적으로 나서지 못하는 신분이라 안타까울 따름이었다. 지금 생각하면 본 사건을 기회 삼아 정치적으로 이슈화 할 수도 있는 충분한 상황이 되었으나 여러 여건상 그러하지 못했다는 생각을 한다. 그러나 단지 ○○군 농민회에서 A4 용지에 직접 쓴 손 글씨로 『호외지』를 만들어 수천 부를 뿌렸다. 나는 그 『호외지』 중 한 장을 지금도 가지고 있다.

그 당시 나에 대한 집단 폭행 사건은 단순 폭행이 아니라 조직적 배후가 있는 정치 테러라고 생각한다. 여러 명이 한꺼번에 달려와 아무 저항 없는 사람을 무차별 폭행하는 것은 정치적 반대자를 겨냥한 폭력으로 공포를 일으켜 자신들의 목적을 달성하려 한 야만적인 정치 테러이기 때문이다.

아무리 민감하고 중요한 현안이라 해도 폭력으로 해결할 수 있는 일은 있을 수 없다. 그 당시 대통령 선거를 앞두고 '네 편 아니면 내 편'이라는 자신들의 생각과 다른 정치적 반대자를 폭력으로 대하는 것은 옛날 자유당 깡패 정권이나 다름없다. 민주주의란 국민이 권력을 가짐과 동시에 스스로 권리를 행사하는 것이다. 정치적 반대자를 심판할 수 있는 길은 존재하지 않으며, 존재해서도 안 된다. 그것이 민주주의다.

호외 보통사람을 위한 폭력!!

자격이 있는지 못된 시대의 새역일 우리들은 이제 봤고도 반성은 커녕, 승리자를 신고 검정 등을 하고 다니는 그들의 모순된 모습 속에서 일말의 미감을 떨쳐버릴 수 없었다.

언제부터 친구냐

그들은 김오현씨가 입원한 23일 오전 10시경과 11시반경, 두차례에 걸쳐 중앙병원 202호실을 처음엔 서로 안면이 있는 조대일(35), 박순철(35)씨가, 두 번째는 조대일, 박순호, 김영일(24)씨가 방문. 폭력당해 입원중인 환자에게 봉봉하나도 안사간 몰상식한 입장에서 「친구끼리 술마시다 다툰 것으로 하자. 서로 좋은게 좋은 거 아니냐」라고 말하더라고. 말하자면 정치적으로 문제화 시키지 말아 달라는 게 그들의 진짜 속셈. 세상에 공명선거하자고 지네들 주둥아리로도 떠든 사람들이 40여명의 별동대를 도시면서(?) 사과 진짜 민주하자는 것인지.

명예훼손죄로 고발?

한편 그들은 저녁 8시 40분경과 9시경 김인자씨가 경영하는 '살구나무' 포장마차와 민주연합청년동지회 사무실을 각각 방문. 「당신이 청년동지회 사람들한테 말하기를 서울인쇄소집 아들(김영일)이 김대중이에 대해서 북도하다, 붉은 물이 든 빨갱이라고 말하지 않았을 경우 당신을 명예훼손죄로 고발하겠다」고 말했다고.

그래서 김인자씨는 이를 두고 못된 사람들의 공갈 협박이라고 말하자 김인자씨는 분명히 서울인쇄소집 아들이 말했다고. 아니 땐 굴뚝에 연기 날까.

그들은 계속해서 청년동지회 사무실을 방문하여, 승리자를 신고 검정 승용차에서 거들거리며 내린 그들이 회장인 윤창남씨에게 말한 협박조의 말은, 「병원에 가 봤더니 괜찮던데 당신이나 김오현씨의 아버지도 우리들과 잘 타협하기로 하고 고소하지 않기로 했는데 무슨 감시 당신이 더 나서서 끝까지 고소하기를 종용하는 이유가 뭐란 말인가, 당신이 책임질 수 있는가」 하며 사라지더라고.

[illegible]

그들은 사건발생 3일째인 11월 25일 0시 40분 현재까지 피해자를 위한 아무런 변명이나 치료를 위한 조치를 취하지 않고 있다. 이는 지난 79년 12월 12일에 있었던, 이땅의 오욕의 역사의 한 단면인 제5공화국의 시작과 더불어 이제 또 다시 6.29라는 [illegible] 기만적 술책과 함께 이땅에서 영원하게 추방되어야 할 군부독재정권의 연장을 위한 계획된 반역행위임을 분명하게 한다.

도대체 이나라 백성들의 삶을 생산해 주고도 그에 상응한 대접을 받지못한 우리 민족과 농사형제는 알고 싶다. 김대중씨를 빨갱이라고 말한 그들이야말로 가장 처참하게 울부짖어야 할 진짜 [illegible] 제한된 자유 속의 [illegible] 누구이었나고.

우리에게 소중한 것은 자유이며 해방이다.

강진군민들은 일어나 군부독재 종식을 위한 단 한 번의 선택에 용단을 내릴 때이다. 우리들의 공적(公敵)이 누구인지 바로 알 때이다. 노랗게, 땅의 빛깔으로!

—강진군 농민위원회—

[illegible]

아래의 글은 지난 11월 23일 새벽 1시경 강진읍 남성리 광명교회옆 사거리의 '살구나무' 포장마차 앞에서 민정당이 광주의 유흥가주변 폭력배들을 선거를 위해 특별초빙(?), 민정당사옆에 합숙소를 지어 머무르게 하면서 '민주연합청년동지회'(회장:윤창남)의 한 사람인 김오현씨(25: 강진읍 동성리 490번지)를 각목과 야구방망이 등으로 집단 구타 한 테러사건을 적은 사고경위이다. '강진군 농민위원회'는 이 사건이 비단 한 사람의 구타사건에 그치는 단순한 사건이 아니라 대통령 선거를 앞둔 중요한 때에 일어난 민정당 측의 부정선거를 위한 편법임에 분노를 느끼며 선량한 강진군민과 이 나라 4천만 민중들에게 그들의 죄악상을 낱낱이 고발하고자 한다.

1987년 11월 25일 —강진군 농민위원회—

사건의 경위 (민정당식 민주화와 안정)

본인 김오현은 1987년 11월 23일 새벽 1시경 광명교회옆 4거리 '살구나무' 포장마차에서 술을 마시던 중 먼저 와 있던 서울인쇄소 사장의 아들(김영일24), 해태유업 운전기사, 민정당 사무소 근무자 외 1명 등 4명과 본인의 후배(동행자)인 김광열씨(금성대리점 사장의 처남)가 대통령 선거에 있어서의 각 당 후보에 대해 얘기하던 중 '김대중'씨는 「붉은 물이 든 빨갱이로서 사상이 불순하다」고 말하니까 본인은 그들의 동의를 얻어 「내가 보기엔 김대중 선생은 여러분이 말씀하시는 내용과는 크게 다르다」는 주장과 서로 대립, 그러던 와중 김광열씨와 서울인쇄소 사장의 아들 김영일씨가 밖에 나가 서로 말다툼한 것으로 알고 있습니다. 안에 남아있던 우리들 모두가 밖에 나가 진의를 파악코자 했을 때 그들 중 한 사람이 민정당사에 연락한 모양으로 6~7분 뒤 각목과 야구방망이를 든 일곱이나 여덟명 정도의 일명 "들국화"라는 조직폭력배들이 봉고차를 타고 오더니 다짜고짜로 정신없이 두들겨 패기 시작했습니다. 그 후 정신을 차려보니 그들 모두는 이미 사라져 버렸고 같이 동행했던 김광열씨마저 없었습니다. 운신을 못할 정도로 온몸에 통증이 왔고, 도로에 쓰러져 신음하고 있다가 기어가다시피 2시간 여만에 집에 도착하였습니다. 도착한 시간은 3시경이나 되었습니다. 전술한 4명은 서로 30여명의 [illegible]가 있고 7명의 선배도 있다고 말하는 것으로 보아 선거를 위해 동원된 것 같습니다.

1987년 11월 24일
김오현

김오현씨는 현재 중앙병원 202호실에서 입원 가료중이며 밖으로 상처가 드러나지 않는 것으로 보아 폭력에 대해서는 대단한 기술(?)을 가진 모양이다. 23일 오후에는 김 식씨가 본 모양인데 그들은 서로 친구들끼리 술한잔 하다가 그런 모양으로 의원님(?)께서는 신경쓸 거 없다고 은폐시켰다나? 보통사람의 시대를 개막하자는 그들은 과연 참다운 민주시대의 주역일

형의 죽음

에스유엠멤이알, 에스티유디이엔티에스… 에프알아이이엔디에스, 디이씨이엠비이알… 어릴 적 우리 집 작은방에서 형이 외우던 영어단어들이다. 형은 이런 단어들을 수십 번씩 반복해서 외웠다. 나는 그때 형이 외우던 단어들을 옆에서 듣기만 했다. 그 뒤 나도 모르게 그대로 외워졌다. 그렇다고 특별하게 그 단어들을 공부한답시고 외운 적은 없다. 모서리에 있는 방 구조나 앞과 옆 두 면에 있는 창살 문, 형이 매일 앉아서 공부하던 삐걱거린 나무로 된 책걸상까지 옛날 내가 살던 집에 대한 기억이 뚜렷하다. 형은 공부든 운동이든 뭐든 열심히 했고 다 잘했다. 그런 형이 나에게 늘 가까이서 때로는 친구처럼 모르는 것을 가르쳐주고 상담해주는 롤 모델 같은 존재였다. 형은 나보다 3년을 더 먼저 세상에 나왔다. 이런 형을 보고 자랐다.

항상 열심히 하는 형이 당연히 도시로 유학을 갈 줄 알았다. 그러나 형은 집에서 가까운 농고에 입학했다. 덩치가 커서 그런지 씨름과 역도를 병행하는 운동선수가 되었다. 졸업할 무렵 자진해서 해병대 부사관으로 입대를 했다. 그 해병대를 다녀온 것에 항상 자부심이 있었다. 일하는 것도 뭔가를 배우는 것도 하물며 술을 마시는 것도 해병대 정신으로 임했다. 전역을 하고 수협에 취직했다. 그리고 그 후 33년을 수협에서 근무했다. 운동에 미련이 남아 국제 심판 자격까지 취득했다고 자부심이 대단했다. 직장생활을 하며 야간대학을 졸업하고 석사학위까지 공부했다. 주위 사람들을 도와주고 더불어 함께 살아가며 정도를 가는 길, 하루도 거르지 않고 운동을 했으며, 전국의 산으로 수시로 등산을 다녔다. 그래서 건강만큼은 형도 자신하고 있었다. 참 열심히 사는 형이었다.

5년 전 벚꽃이 만발한 어느 봄날 형으로부터 전화가 걸려왔다. "오현아 형 좀 도와줄래?"

가끔 만나고 전화로 안부도 묻고 살았다. 어른이 되고 결혼을 하고 애 낳고 서로 바쁘게 살면서 옛날처럼 가까이 지내지 못했다. 반갑게 전화를 받았지만, 목소리가 떨렸다. 몸이 좀 아프니 시골집으로 와서 며칠만 도와 달라는 부탁이었다. 나는 하는 일들을 잠시 접어두기로 하고 두말할 것 없이 약 네 시간을 차를 몰아 시골집에 도착했다. 시골집은 부모님이 돌아가시고 난 후 형이 임시로 거주하고 있었고 형 집은 따로 있었다. 헐레벌떡 도착하고 보니 아무도 없는 집에 형이 안방 침대에 누워 있었다. 그렇게 팔팔한 형의 모습은 간데없고 힘없이 처진 모습은 처음이었다. 몸이 아프다는 형의 곁에는 형수님도 두 아들도 아무도 없었다. 처음부터 궁금하지 않을 수가 없었다. 처음에는 가족들이 형의 본가에 있는 줄로 알았지만, 분명 무슨 사연들이 있다는 생각을 하고 물어볼 틈을 엿보고 있었다. 형이 먼저 그동안 자초지종을 차분하게 말했다. 최근 들어 배가 아프고 어지러워서 인근 목포 병원에 가서 진통제나 해열제 처방전만 받아 왔다고 했다. 그래도 계속해서 통증이 멈추지 않자 도시의 큰 병원으로 가서 정밀검사를 받으라는 의사의 권고를 들었단다. 형은 평상시에 건강은 자신하고 있었고 운동도 자주 하기 때문에 큰 걱정은 하지 않았다고 한다.

형수와는 가정사로 다툼이 있었고 별거한 지 벌써 1년이 훨씬 넘는다고 했다. 따라서 두 아들도 엄마 편에서 독립하여 따로 살기 때문에 형 혼자 살고 있었다. 또 직장에서 승진 문제로 스트레스를 많다고도 했다.

'아 그동안 아픔이 있었구나.' 긴말을 하지 않아도 알 수 있었다. 좋지 않은 일로 가족과 떨어져 혼자 사는 것 그리고 직장에서의 문제 등으로 스트레스가 쌓여 종합적으로 문제가 있었다. 결국 형은 병을 만들어 혼자서 병마와 싸우는 꼴이 되었다. 그래서 편한 동생인 나에게 도움을 청한 것이었다.

형은 대장암 3기 판정을 받았다. 나는 큰 충격을 받았다. 사람들은 때로는 예상치 못한 장벽에 부딪히기도 하고 관계 속에서 문제로 상처를 입기도 한다. 그러나 병이 들어 죽고 사는 문제는 다르다. 나는 형이 절망 속에서 어떻게 하면 좌절하지 않고 다시 일어날 수 있을까? 어떻게 하면 형에게 힘이 되어 줄까? 생각했다. 나는 하는 일은 무기한 보류하기로 하고 형이 좋아질 때까지 옆에서 돌봐주기로 마음먹었다. 아내도 기꺼이 그러라고 했다. 형은 수시로 아픔을 호소했다. 핏기없는 창백한 얼굴에는 참는 모습이 역력했다. 한시라도 서둘러 서울에 있는 최고시설의 병원에 입원시켜야겠다는 생각으로 형을 데리고 서울로 왔다. 아○병원은 입원할 병실이 없었다. 아니 있어도 예약을 하지 않으면 입원이 되지 않았다. 응급실도 마찬가지였다. 이럴 때 이쪽 분야에 아는 지인이라도 있었으면 좋겠다고 생각했다. 형은 배를 움켜쥐고 계속해서 신음을 냈다. 먼저 예약을 해놓고 우리는 병원과 가장 가까운 숙소에서 그날 밤을 보냈다. 다음 날 아침 일찍 행정실에 찾아가 병실부터 마련해 달라고 간곡히 부탁했다. 이렇게 형은 입원하게 되었다. 다음날 형은 다른 친구를 통하여 친구가 그 병원 시설부에서 간부로 근무하고 있다는 사실을 알아냈다. 그를 만났다. 그는 깜짝 놀라워했다. 그렇게 건강했던 사람이 어쩌다가 이렇게 됐냐며 안타까워했다. 하루만 더 빨리 알았더라면 병원 밖에서 생고생을 덜 했을 텐데… 몹시 아쉬움이 남는 날이었다.

내가 보호자가 되어 입원 3일째 되던 날, 누나와 내가 병실에 있는데 형의 큰아들, 즉 조카가 입원실로 찾아왔다. 그렇지 않아도 나는 형의 가족들이 나타나지 않는 것에 의구심과 약간의 불만이 있었다. 전에 형이 잠깐 말했듯이 별거 중이고 직장 일로 많이 바쁜 줄로만 알았다. 또 그동안 정신이 없어서 형수와 조카들이 오지 않는다는 것을 잠시 잊고 있었다. 나는 조카를 보자 반가운 생각도 들었지만, 아버지가 이렇게 몸이 많이 아픈데 이제야 찾아온 것에 대해 화가 났다. 그래서 꾸지람을 할 참이었다. 그런데 내가 말을 꺼내기도 전에 오자마자 조카 하는 말이 가관이었다.

"아니 왜 작은 아빠와 고모가 앞장서서 난리예요?"

어안이 벙벙했다. 처음에는 무슨 말인지 몰랐다.

"뭐? 네 아빠가 죽어 가는데 입원 3일 만에 나타나서 겨우 하는 첫마디가 왜 앞장서서 난리냐고."

이렇게 나오니 누나가 나서서 크게 꾸지람을 했다. 나는 이렇게까지 생각을 못 했지만 자기가 아들인데 나와 누나가 앞장서서 병원에 입원시키고 보호자가 되었다는 말이었다.

"작은 아빠와 고모는 이제 빠지고 집에 가세요."

"우리 아빠는 죽이든 살리든 제가 알아서 합니다."

"뭐야! 너는 아빠지만 나는 누나고 동생이야."

누나가 조카에게 고래고래 소리쳤다.

"너희 아빠 죽어 가잖아. 내 동생 죽어 가잖아. 그런데 너희는 왜 관심이 없는 거냐?"

“너희 엄마는 어디 가고 코빼기도 안 보이느냐? 그렇게 못 살게 굴더니.” 누나가 울부짖었다.

‘아 별거가 아니라 이혼을 했구나.’ 형이 이혼했다는 것을 처음 알았다. ‘아 그랬었구나. 그동안 형은 이런 것 저런 것들이 상처가 되었구나. 혼자서 얼마나 외롭고 괴로웠을까? 얼마나 그런 상황을 벗어나고 싶었을까? 그것이 결국은 병이 되었구나.’ 형의 마음을 생각해 보았다. 나와 누나는 어차피 내가 보호자가 되었고 입원해 있는 동안 잘 보살필 테니 돌아가서 일 보라고 설득해서 보냈다. 형은 진료를 받으면서도 계속 복수가 차고 고통을 호소했다. 나는 수시로 담당 의사를 찾아가 형의 상태를 체크했다. 담당 의사는 젊은 여자 선생님이었다. 최선을 다한다고 했지만, 의사도 시원한 답을 해주지 않았다. 점점 악화 되어간다는 생각이 들었다. 나는 무엇보다도 먼저 형의 정신 상태가 중요하다는 생각을 했다. 정신이 무너지면 다 끝이기 때문이다. 그래서 나는 수시로 형에게 우리 어릴 때 얘기며 암을 이겨낸 사람들 이야기, 재미있는 화젯거리들로 말을 걸었다. 가능하면 긍정적이고 좋은 생각을 유도하기 위해서였다. 형이 잠이 들면 서점가서 책도 사 와 머리맡에 놓아두기도 했다. 전국에서 가장 유명한 명의를 찾아 형이 병을 고쳐 보고자 누나와 상의 했다. 더 나아가서는 외국의 유명한 병원이라도 찾아서 입원 시켜 볼까도 고민을 했다. 이렇게 안타까운 시간이 흘러갔다. 이렇게 가만히 앉아서 형이 죽기만 기다릴 수 없었다.

"누나 의사도 뭐 특별한 조치를 해주지 않는데, 이러고 가만히 앉아서 형의 죽음을 기다릴 수는 없지 않아요." "뭔가 다른 방법을 찾아봅시다."

누나도 나와 같은 생각을 하고 있었다. 이렇게 또 며칠이 흘러갔다. 형의 건강 상태는 더 이상 좋아지지 않았다. 이제는 다른 방법을 취할 수밖에 없다고 판단했다. 누나는 수소문 끝에 대장암 치료를 잘한다는 병원을 알게 되었다. 누나 지인도 그 병원에서 진료를 받고 많이 좋아졌다는 소식을 들었단다. 우리는 그 병원으로 옮겨서 입원시켰다. 원장선생님은 형의 혈액을 수시로 뽑아 현미경으로 우리에게 보게 했다. 현미경 안에는 암세포들이 꿈틀거렸다. 이것이 사실인지 거짓인지 모르지만, 왠지 믿음은 가지 않았다. 설마 의사가 보호자에게 거짓 쇼를 하겠는가. 특이한 것은 하루에 한 번씩 환자의 온몸을 칭칭 감아 통증을 없앤다는 치료였다. 형은 이 치료를 할 때는 몹시 고통스럽지만 하고 나면 잠깐 시원하게 통증이 없어진다고 했다. 일명 파스효과 같은 것이었다. 그리고 명상을 갖은 시간이 특별했다. 이 명상시간에는 환자에게 도움이 될 것 같았다. 좋은 생각과 긍정적인 마인드는 환자를 살리는 기본이기 때문이다. 나도 형의 정신력이 흔들이지 않도록 수없이 채찍질 했다. 그래서 형도 살아보겠다는 생각을 하고 있었다. 이렇게 꽤 오랜 시간 동안 입원해 있다 보니 형도 좀 좋아진 듯 보였다. 그런데 또 문제가 발생했다. 조카가 또 나타나서 왜 마음대로 하냐는 것이었다. 결국은 돈 문제였다. 입원비와 그 동안 경비를 어떻게 감당하냐고 따져 들었다. 누나와 나는 우리가 조금씩 부담하고 또 형도 보험금과 그동안 모아 놓은 돈이 있다고 했다. 그런데 조카는 아빠의 돈이 나가는 것에 불만이 있었다.

조카와 얘기를 했다.

"너희 아빠는 무조건 살려야 한다. 어떻게 해서든지 고모와 작은 아빠가 그렇게 하겠다. 그러니 너는 걱정하지 말고 평상시대로 너 일 보거라"라고 말했다. 조카는 생각이 달랐다. 나름대로 알아본 모양이다.

"아빠는 어차피 죽습니다."

나는 귀를 의심했다. 내가 잘못 들은 건가? 우리는 기가 차서 말문이 막혀버렸다.

"괜히 시간과 돈만 낭비하게 됩니다."

이게 아들로서 할 말인가? 서른 살이나 먹은 사회복지분야 일을 하고 있다는 형 아들의 입에서 나온 말인가. 나는 형이 아들 교육을 잘못 시켰구나 하고 크게 실망하지 않을 수가 없었다. 아빠의 아들로서 목숨이 붙어있는 한 어떻게 해서든지 살려보려고 동분서주해야 하지 않는가.

'아 이놈들이 아빠를 살릴 생각이 전혀 없구나.' '그래서 아빠가 아프다는데 오지도 않았고, 병원에도 늦게 왔구나.' 형의 중병으로 살리기를 이미 포기해 버리고 자기들 살 그림을 그리고 있었다. 나는 동생에게 이런 사실을 알리고 긴급히 형이 거주한 집 문제, 보험금 관계, 퇴직금 등을 알아보게 했다. 형이 사망하게 된다면 큰 몫의 돈이 돌아가게 되어 있었다.

나는 이런 사실을 알고 형이 좀 괜찮아 진 것 같아 시골집에서 통원치료를 해야겠다고 판단했다. 형은 이미 조카들이 자기한테 멀어져 있다는 것을 알고 있었다. 그래서 나에게 부탁을 한 것이다. 참 많은 생각을 하게 하는 슬픈 현실이다.

이렇게 해서 긴 서울 병원 생활을 마치고 시골집으로 왔다. 그동안 나의 생활이 거의 없었다. 가끔 누나와 교대로 집에 가서 옷을 갈아입고 온 것이 전부였다. 집에서 병간호를 한다는 것이 말처럼 쉽지가 않았다. 의사가 시키는 대로 수시로 장을 비우는 관장을 시켜야 하고 환자의 일거수일투족을 24시간 돌봐주어야 했다. 조카가 가끔 찾아왔다.

"작은 아빠 언제 올라가세요?"

"작은 아빠는 일 안 하세요? 직장 안 다니세요?"

조카가 집에 오면 형은 불안해했다. 그 이유는 나도 알고 있고 형도 알고 있었다. 어느 날 나는 빠지기 힘든 약속이 잡혀 있었다. 이미 오래전부터 잡혀 있는 약속이어서 하루만 형님

곁을 떠나고자 형에게 자초지종을 얘기했다. 내가 없는 동안에는 누나가 형을 돌봐주기로 했다. 동생에게도 내가 잠시 자리를 비우니 저녁에 들여다보라고 전화를 해놓았다. 그리고 약속 장소인 지리산 모임에 갔다. 회의는 저녁 늦게까지 진행되었다. 동생에게서 전화가 걸려 왔다. 자정이 가까운 시간이었다.

"형님 집에 가보니 ○○ 형님이 없습니다."

나는 그 말을 듣는 순간 '형 죽겠구나.'라는 생각이 머리를 스쳐 갔다. 미칠 것만 같았다. 가슴이 뛰고 화가 치밀었다. 당장 돌아가고자 일어섰다. 그러나 갈 수가 없었다. 돌아갈 차가 없었다. 이 시간에 대부분 술에 취해 있거나 잠을 자고 있었다. 동생에게 사람들을 풀어 형의 행방을 찾으라고 신신당부를 했다. 부글부글 뜬눈으로 아침이 되기를 기다렸다. 새벽에 동생에게 전화가 왔다. 조카가 어디로 데리고 간 것 같다고 했다. 끝까지 행방을 찾아보라고 하고 나는 얼른 형 집으로 돌아왔다. 중병 암 환자를 어디로 숨겼을까. 안절부절 아무것도 할 수가 없었다. 형이 없는 빈집에서 마냥 있을 수가 없어서 서울집에서 기다려보기로 하고 올라왔다. 그리고 몸살이 났다.

3일이 지나서 형이 있는 곳을 찾았다는 연락이 왔다. 화순에 있는 요양원이라고 했다.

"형님이 곧 돌아가실 것 같습니다."

힘없는 목소리로 동생이 말했다. 나는 곧바로 광주로 내려

가서 누나 집에서 대기하고 있었다. 큰형님과 숙부님 고모님 가능한 한 모든 가족에게 연락을 취했다. 내일 아침 형이 있는 요양원으로 가기로 약속을 했다. 어찌 보면 형을 마지막으로 볼지도 모른다는 생각에서였다. 한숨도 자지 못하고 잠시 후 가족들이 모이는 시간을 기다리고 있었다. 그런데 동생에게 전화가 왔다. 불길한 예감이 들었다.

"형님이 돌아가셨습니다. 형님이…." 동생이 울부 지졌다.

형이 사망했다는 말이었다. 하늘이 무너진 것 같았다. 조금 있으면 임종이라도 볼 수 있었는데 왜 그렇게 가족들을 보지 못하고 가버렸을까. 처음부터 조카의 행동이 수상했지만 이렇게까지 중병 환자를 빼돌려서 쓸쓸하게 죽음으로 몰고 간 것에 대하여 나는 의문점이 많았다. 아는 경찰과 후배 기자에게 자초지종으로 문의해보니 병든 아빠를 아들이 보좌하고 병간호해서 사망했는데 어느 누가 나쁜 생각을 하겠냐였다. 그러나 분명 나는 안다. 그동안 나하고 나누었던 얘기들이며 형이 이루고자 하는 꿈을 알기에 형은 쉽게 삶을 포기 하지 않았을 것을…. 나는 요양원 CCTV라도 보고 싶었다. 원장이나 요양사라고 만나서 형의 상황을 알고 싶었다. 이렇게 일찍 갈 사람이 아닌데… 분명 나하고 약속을 했는데….

아침 일찍 만나기로 한 가족들은 형의 얼굴도 보지 못하고 장례식장으로 향해야만 했다. 나는 형의 죽음을 도저히 받아들일 수가 없었다. 형이 원하지 않은 어떤 힘에 의하여 사망했다고 생각했다.

'부고 ○○○ 사망' 조카가 형님의 핸드폰에 저장된 번호로 다량 문자를 보낸 모양이다. 그래서 나에게도 형의 지인처럼 문자가 왔다. 형의 지인들이 장례식장으로 몰려왔다. 장례식장에서 나는 또 한 번 깜짝 놀라지 않을 수가 없었다. 장례식장 안내판에 사망자 고 ○○○ 미망인 ○○○ 성함 중에 이혼한 형수 이름이 적혀 있었다. 그리고 그녀가 소복을 입고 하객을 받고 있었다. 형이 아파 죽어갈 때 오지도 안 왔던 여자가 아니 죽고 나니 어찌 이럴 수가 있단 말인가? 나는 황급히 동생에게 이 사실을 알아보라고 했다.

"형 1주일 전에 혼인신고를 했다고 합니다."

기가 막힐 노릇이었다. 나는 형의 죽음 앞에 이벤트를 하고 쇼를 하며 죽음 장사를 한다고 생각했다. 화가 머리끝까지 났다. 숙부님과 모든 가족에게도 화가 났다. 큰소리고 떠들며 흥분이 사라지지 않았다. 조카에게 너 어찌 이렇게까지 타락했냐며 꾸중을 했다. 둘째 조카가 내 멱살을 잡으며 입을 닥치라고 했다. 어린 조카에게까지 멱살을 잡히니 미칠 것 같았다. 입구에 서 있는 화환을 넘어뜨렸다. 화가 풀리지 않자 제단으로 향했다. 다 부숴버리고 싶었다. 그 순간 형이 나를 노려보고 있었다. 영정 형님이 "동생 그만해라." 그러는 것 같았다. 그리고 곧 경찰이 왔다. 장례식장에서 행패를 부린다고 조카가 신고한 것이었다. 이런 상황을 얘기했더니 경찰도 이해한다며 그냥 돌아갔다. 내가 형님의 사생활 그리고 자세한 가정사는 잘 모르지만 분명한 것은 조금 더 살 수 있었다는 사실이다. 혹자는 조카처럼 어차피 죽을 목숨 갈 사람은 빨리 가서 살 사람 고생 덜하게 하는 것이 도리라고 생각하는 사람도 있으리라 생각한다. 하지만 내가 조카의 속사정을 모르듯이 나도 형님과 지내온 세월이며 못다 한 꿈이 있는 것이다. 그래서 더 애타는 것이다. 그날 나는 화장장에도 묘소에도 가지 않았다. 이렇게 형은 예순도 안 되어 저세상으로 가버렸다. 형은 가고 없지만 언젠가는 조카들과의 오해도 풀리기를 기대한다. 나는 지금도 형이 나를 부를 것만 같다. 곧 전화벨이 울릴 것만 같다. 그래서 연락처 명단에서 지우지 않고 있다. 얼마 전 형은 박사 논문을 써야 한다며 자료조사를 요청했다. 나는 박사 되면 뭐 할 건데? 이렇게 물어보다가 눈을 떴다. 내 마음속에 형님은 죽지 않고 영원히 살아 있다.

나의 꿈, 나의 희망

100세 인생, 요즘은 120세까지 말하는 이들도 있다. 늘어난 수명만큼 인생을 어떻게 살아갈 것인가?

여태까지 파도를 타듯 여러가지 일을 하며 살아왔다. 늘어난 시간에 마음 한구석에는 이루고자하는 그 꿈에 가슴 설렌다. 꿈이 현실로 다가와 제2의 창조적인 생활을 할 수 있는 때가 온 것이다. '인생노답'이라 하지 않았는가? "이 나이에 무슨"이 아니라 "내 나이가 어때서"가 맞다. 내 삶의 주인공은 바로 나. 나의 시대가 왔다. 건강하고 즐겁게 좋아하는 일을 하며 꿈을 꾸며 살아보자. 그 선택권은 나에게 있다. 그렇다면 내 남은 인생에서 실현가능할 수 있고 성공할 수 있는 꿈이 몇 개나 될까?

작가 · 강사

금융사기를 당하고 자괴감, 절망감, 배신감에 몸부림치며 살 수가 없었다. 마음속 저 밑에서부터 피어나기 시작한 죽음 바이러스가 차근차근 나를 점령해 왔다. 그리고 거의 무의식에

산에 오르고 술을 마셨고 뛰어내려 죽기로 했다. 용케 살아남에 또 자책감에 사로잡혀 허우적거렸다.

그 때 생각나는 것이 책이었다. 책을 읽고 싶었다. 책속에서 그 답답함을 잊고 싶었다. 한 권, 두 권, 열권 처음에는 그랬다. 책이 쌓여 갔다. 그러던 어느 날 나도 책을 써보고 싶다는 생각을 했다. 책 쓰기에 관한 책도 읽었다. 그리고 살아온 이야기들을 쓰기 시작했다. 처음 써보는 책이라 사실 잘 쓰는 지 뭔지 잘 모르겠다. 그러나 뭔가는 느껴지는 것은 있다. 앞으로 써야 할 것들이 많다는 것.

나는 이런 책도 써보고 싶다. 그 첫 번째로 지난 필리핀에서 생활했던 경험담이 무수히 많다. 그들의 살아가는 의식주와 생활상, 그들의 문화, 그들의 사랑, 이국적인 관광지와 거리, 봉사 활동, 밤 문화 등 일반적으로 시중에 나와 있는 평범한 내용이 아니라 우리나라 문화와 다른, 내가 경험하고 느꼈던 나만이 아는 비밀노트를 풀어 놓는다면 쓸 내용들은 차고 넘친다. 필리핀에 대하여 궁금한 것과 그곳 생활의 모든 것을 담아 10년 전에 직접 만들었던 필리핀 포털사이트(http://www.philall.com)은 아직도 잘 돌아가고 있다.

그 다음은 영화를 접하면서 느꼈던 사소한 것들을 자연스럽게 써보고 싶다. 영화제작 현장에서 경험하고 느꼈던 것들, 영화관에서 영사기사의 일화, 영화제 이야기, 35미리 영사기를 트럭에 싣고 전국을 누비며 영화 상영을 다녔던 이야기 등은 말 그대로 '시네마천국'이다. 나의 시네마 천국은 한권의 책으로 출간해도 충분하다.

그리고 이제 시작한 KOK 플랫폼사업에서 성공신화를 쓰고 싶다. KOK는 '우리는 디지털콘텐츠 시장을 바꿀 것이다'라는 슬로건이 있다. 이 일은 사람과 사람이 톱니바퀴처럼 맞물려 돌아가는 플랫폼 비즈니스다. 이 일은 혼자서 하는 사업이 아니다. 나와 업라인리더가 꿈을 향해 하나가 되어 협력해야 한다. 저마다 사고가 다르고 지향점이 다른 사람들이 이 사업을 통하여 삶의 방식을 터득하고 보다 더 행복을 누렸으면 좋겠다. 그동안 나는 너무 현실에 안주하며 살아왔다. 이제 나의 시대가 도래 되었다. KOK식구들과 미래의 프로티어들에게 성공한 스토리를 뭉클한 감동으로 전하고 싶다.

나는 보이스피싱 피해를 예방하는 사람도 되고 싶다. 착한 사람들이 더 이상 보이스피싱 속임수에 당하지 않도록 예방하는 역할을 하고 싶다. 빌딩 숲속의 회사나 멀리 땅끝마을 경로당까지 동네 어르신이 계신 곳, 대한민국 어디든 다니면서 금융사기를 당하지 않도록 미리 예방하는 교육담당 역할을 하고 싶다. 물론 대면교육이 시간과 공간 및 비용 등 여러 가지 제약을 있으며 일부 사람들에게만 정보를 제공할 수밖에 없다는 것도 안다. 대부분은 언론보도 기사, 유튜브, 공익광고를 등을 통해서 정보를 습득한다는 것도 안다. 그러나 나 같이 실제 피해자가 직접 생생하게 전하는 산교육도 분명 효과가 있을 것이라 생각한다.

다문화 쉼터

"이제 당신도 사회복지시설 같은 곳에 관심을 가졌으면 좋겠어."

"갑자기 웬 사회복지시설?"

"우리도 나이를 먹어감에 따라 주변을 돌아보면 힘들어하는 사람들이 많은 것 같아."

사회복지학을 공부하게 된 동기는 의외로 간단했다. 어느 날 저녁 식사 시간에 아내의 말 한 마디에서였다. 처음에는 웬 뚱딴지같은 말을 하나 했는데 나는 아내의 말이 무슨 뜻인지 금방 알 수 있었다. 나이 먹어서 사업이니 투자니 하면서 이것저것 기웃거리지 말고 주변을 돌아보고 자중하자는 큰 의미가 담긴 것을 외적으로 표현한 말이었다.

'착한 사람! 그래 맞는 말이다.'

언젠가 우리가 아마도 신혼 초 무렵인 것 같다. 아내와 함께 우리들의 미래에 관해 얘기를 했던 기억이 났다. 나중에 우리는 복지시설 같은 것을 운영해 보자고 했었다.

그때는 막연한 꿈을 가지고 있었던 것은 사실이었다. 그것은 먼저 금전적으로나 생활적으로나 여유가 있어야 한다고 생각했기 때문이었다. 이 말을 기억하고 있었다니…. 나는 그런 아내의 말이 있는 뒤부터 사회복지시설에 더욱 관심을 갖게 되었고 그것을 위하여 하나씩 실천에 옮겨 보기로 하였다.

나는 인터넷으로 관련된 자료를 검색하기 시작했다. 잠깐 개념을 보자면, 사회복지사업법 제2조에 따라 '사회복지사업을 할 목적으로 설치된 시설'을 사회복지시설이라고 한다. 사회복지시설 여부에 대한 판단은 시설 운영자의 주관적 판단이 아니라 실질적으로 사회복지사업을 하는지에 따라 판단한다.

사회복지시설의 종류에는 어떤 것이 있을까? 그것은 소관부처에 따라 보건복지부 소관 사회복지시설과 여성가족부 소관 사회복지시설로 구분할 수 있다.

요양병원처럼 의료법과 관련된 시설은 그에 따른 조건을 더 충족시켜야 하지만 개인인지 법인인지에 따라 사회복지시설 운영 방침이 다르기 때문에 어떤 사회복지시설을 운영할 것인지를 정해야 한다. 의료법과 관련된 사회복지시설이 아니라면 대부분의 사회복지시설은 사회복지사 자격증만 소지하고 있으면 시설장 자격을 충족시킬 수 있었다. 사회복지사 자격증은 공신력 있는 국가전문자격증이다.

결론은 사회복지시설을 운영하기 위해서는 사회복지사 자격증이 있어야 한다는 것이다. 그렇다면 먼저 자격증을 취득해야 하지 않겠는가. 나는 사회복지사 자격증을 취득하기로 마음먹었다.

사회복지사 2급 자격증은 다른 자격증처럼 시험을 보지 않고 무시험으로 해당하는 전공과목을 이수하고 성적과 학점을 충족시키면 취득할 수 있는 자격증이다. 또 1급 시험에 응시하기 위해서는 2급 국가자격증을 소지하고 있어야 한다. 이것은 2급으로 운영 가능한 시설이 있고, 1급을 필요로 하는 사회복지시설도 있기 때문이다. 사회복지사 과목은 교육 인정이 되는 다양한 교육기관을 통해 진행할 수 있다. 학점은행제 원격평생교육원, 일반대학교의 사회복지학과나 사이버대학교에서 공부하여 취득할 수가 있다.

나는 필리핀에서 약 5년 동안 생활하면서 현지의 생활상을 외국인으로서 직접 경험해 보았다. 그것을 바탕으로 역지사지로 외국인 복지센터 운영해서 우리나라로 일하러 온 외국인들에게 쉴 수 있는 공간을 마련해 주고 한글을 가르쳐 주고 싶다. 또 컴퓨터 교육 등 우리나라에서 생활하면서 불편함이 없도록 도와주는 쉼터 역할을 하며, 일자리를 잃은 근로자 위한 구직활동과 한시적 주거공간과 휴식처를 제공해 주고 싶다.

또 국적을 불문하고 법의 사각지대에 있는 외국인 근로자들과 다문화가정을 위한 이직, 폭력, 임금체불, 의료 등의 법률상담과 우리나라 문화를 알리고 친구들과 소통할 수 있는 만남의 공간을 제공하는 등 외국인 복지센터의 다양한 사업을 펼쳐 보고 싶다.

테마카페 오픈

오래 전부터 꿈꾸고 있는 나의 꿈 중에 하나다. 그 꿈을 실현하기 위하여 관련 소품도 수집해 오고 있었다. 8미리, 16미리 영사기와 필름, 촬영용 카메라들은 오래전에 사라져 이제는 골동품이 되어버렸다. 나는 오래전부터 이런 자료들을 수집해 왔다. 어찌 생각해보면 나의 영화 사랑과 같은 맥락일 수도 있다. 부피가 크고 무게가 있는 물건들이라 몇 번 이사하고 지인 회사의 창고에 보관해 온 물건들이 세월이 지남에 따라 수집해 두었던 자료들이 분실되었다. 그 물건에 애정이 없는 사람들이야 한 낫 쓰레기에 불과하지만, 나에게는 지나온 세월만큼이나 소중한 애장품들이다. 그런 물건들이 없어져 버릴 때는 마음이 아프다.

내가 사는 집이나 가까운 나만의 공간에 보관해 두었더라면 관리가 되겠지만, 멀리 보관된 물건들은 생각처럼 쉽지가 않다. 보관 부탁도 자주 하면 미안하다. 주인이 신경을 쓰지 않고 관심도 없어 세월이 지나 자리만 차지하고 있는 경우는 없어지기 마련이다. 별도로 보관비를 주는 것이 아니고 공짜로 공간을 사용하는 것이라서 없어졌다고 원망도 하지 못했다. 나에게는 보관이 문제였다. 집구석 한곳에 모아 두고는 있지만, 아내와 아이들은 '귀신이나 나올까?'라며 여간 싫어한다. 그래서 한때는 차 트렁크에 사무실 책상 밑에 숨겨두고 지냈던 적도 있다. 이제는 몇 점 남아있는 애장품을 볼 때마다 마음 한구석에는 미련이 남는다.

가족과 세계여행

여행에 관한 얘기는 영화처럼 언제나 나를 들뜨게 한다. 여행도 여러 명이 함께한 여행의 경험이 쌓이면 혼자도 하게 된다. 여러 명이 함'께 여행하면 재미있고 경비를 줄일 수 있지만 서로 양보 하다 보면 하고 싶은 것을 못 하는 것과 어떤 부분을 놓치는 경우가 더러 있다. 혼자 가는 여행은 나 혼자이기 때문에 원하는 데로 할 수 있다. 이렇게 둘 다 장단점은 있지만 나는 혼자 하는 여행을 더 선호한다. 그것에 대하여 좀 더 소소함을 느껴보고 싶어서 일뿐이다.

여행에서 잊을 수 없는 곳 한군데를 소개하라고 한다면, 나는 첫째로 필리핀 바기오시를 추천하고 싶다. 인구 약 30만 명인 그곳은 수도 마닐라에서 대중교통으로 약 5시간 정도 소요되는 산속 공중도시다. 카렌다에 나오는 구름 속 도시, 별천지, 무릉도원이 이런 곳일 것이다. 우리나라에서 앙헬레스 공항으로 가는 비행기 편이 있다. 공항에서도 대중교통으로 약 4시간을 북쪽으로 가야 한다. 필리핀은 1년 내내 30~35℃도 이상의 높은 온도를 유지하는 열대지방 특성이지만 바기오는 평균기온 약 19℃ 정도를 유지하여 여름 휴양도시로 유명하다. 집과 건물들이 소나무들로 둘러싸인 해발 1,500m의 구릉 지대에 자리하고 있어 아주 이색적인 풍경을 연출한다. 도시에 있으면 구름이 저 아래로 지나가는 모습을 수시로 볼 수 있다.

블록체인 플랫폼 사업

4차 산업혁명 가속도가 붙었다. 조개껍데기가 화폐로 쓰였던 때부터 전자화폐(암호화폐)로 변화하는 것만 보더라도 실제로 세상을 빠르게 변하고 있다. 배달의 민족이 4조7천억 원에 독일기업에 매각했다. 월 방문자 수만 1,100만이다. 쿠팡과 카카오는 또 어떠한가. 이 시대의 플랫폼 비즈니스는 회원 수(유저)가 성공의 열쇠가 되었다. 사람이 자산이고 힘이 되는 시대가 된 것이다. 이더리움, 블록체인, 프로토콜 경제, 메타버스, 토큰 이코노미, 가상 자산… 온통 생소한 용어들이 머리를 지끈거리게 한다. 사실 나는 아는 게 별로 없다. 블록체인 기술이 만들어내는 세상은 더 좋은 세상을 위하여 서로를 믿게 하지만, 또 이에 맞서 견제해야 하는 것에 혼란스럽다. 변동 폭이 너무 심해 하루에도 몇 번씩 천당과 지옥을 왔다 갔다 하는 비트코인과 같은 암호화폐 시장은 무법의 서부영화를 방불케 한다.

최근 오징어 게임이 세상을 흔들어 놓더니 연달아 지옥이 빅히트를 치고 있다. 넷플릭스는 영화와 드라마를 전문으로 하는 글로벌 플랫폼이다. 구글플레이, 유튜브, 위챗 등이 사용자와 콘텐츠 공급자 모두가 윈-윈할 수 있는 글로벌 통합플랫폼이다. 이들 글로벌 기업은 블록체인 기술을 바탕으로 디지털 콘텐츠 시장의 혁신을 주도하고 있다.

최근 이에 당당히 맞서 나타난 토종 글로벌 플랫폼 기업이 있다. "우리는 디지털콘텐츠 시장을 바꿀 것이다" 케이오케이(KOK)다. 이 플랫폼은 게임, 영화, 드라마, 웹툰 등 다양한 형식의 디지털 콘텐츠와 온라인 쇼핑몰을 KOK 토큰을 이용해 세계 어디서든 간편 결제가 가능한 플랫폼이다.

그렇다면 쏟아지는 이 많은 정보의 비를 가만히 앉아서 맞고만 있을 것인가.

"4차산업의 핵심기술 블록체인 미디움은 블록체인의 판도를 바꿀 솔루션을 드립니다." 이것으로 충분하다. 블록체인 기술의 선도자 미디움이 선택한 KOK다. 이미 성공한 리더들의 사례에서 나도 할 수 있다는 강한 자신감이 차올랐다.

호재다. 나는 내 특유의 뚝심으로 KOK 열차에 탑승했다.